その悪役令嬢は
攻略本を携えている
2

その悪役令嬢は攻略本を携えている2

岩田加奈

illustration 桜花 舞

ICHIJINSHA IRIS NEO

CONTENTS

この作品はフィクションです。
実際の人物・団体・事件などには関係ありません。

その悪役令嬢は攻略本を携えている2

プロローグ

　ここはファバードン王国の王都に位置する王立貴族学園。

　四月某日、麗《うら》らかな日差しが暖かい今日この日、最初の『行事』・『春』が行われようとしていた。

　学園の一室で今か今かとその開始を待っている私は、レベッカ・スルタルク。この春、第二学年に進級した。

　転生者である母からこの世界が『乙女ゲーム』だと聞き、『悪役令嬢』として断罪されるシナリオの回避に挑んだ昨年。

　母が遺《のこ》してくれた『攻略本』を活用しつつ、婚約者のルウェイン殿下や親友のエミリアとメリンダ、兄のヴァンダレイなど、色んな人の助けで何とか乗り越えることができた。

　新入生が講堂で学園長から『春』の説明を受ける間、第二・第三学年の生徒はこうして講堂とは別のホールで待機する。

　緊張した面持ちの新入生たちが集う講堂と違い、こちらは比較的雰囲気が柔らかい。それもそのはず、周りは少なくとも一年を共に過ごしている級友たちだ。

　私の左隣の銀髪のように殺気をみなぎらせている生徒は少ない、というかほぼいない。

「レベッカ様、絶対に勝ちましょうね……」

　低く呟《つぶや》いた彼女に思わずため息が出た。何というか、目が据わっている。

彼女は私の親友のエミリアだ。この学園唯一の平民だが、希少な治癒魔法を使える。肩までの銀髪がトレードマークで、見た目は文句なしに可愛《かわい》い。

しかしその手では硬い食材、ではなく、私が先日王都のおもちゃ屋さんで買ってきたスライムが繰り返し繰り返し握り潰されている。

素手で硬い物を握り潰し人を威嚇する癖をいい加減やめさせたくてプレゼントしたのだ。効果があって何よりである。

「あなたたち、本気で勝つつもりなの？　よりにもよって、あのルウェイン殿下に？」

反対側の隣で私のもう一人の親友、メリンダ・キューイが言った。

彼女は子爵家の令嬢である。その蜜色の瞳と、ついでに肩に乗ったフクロウの瞳が、「絶対無理に金貨一枚」と言っているような気がする。

私はもう一度大きなため息をついた。なぜこんなことになってしまったのだろう。

そんな気持ちを込め、前の方で誰かと談笑している、例の彼に目をやる。彼もほとんど同時に私を見たのでバチッと視線が合った。

きらきらと光を反射する金色の髪と、吸い込まれそうな群青の瞳。整いすぎたその顔にはあまり感情がのらないせいで、「冷たい美貌」と言われることもある。

だが、私を見るときだけは柔らかさと温かさが加わる。

――ルウェイン・フアバードン第一王子。私の婚約者だ。

彼にそんなふうに微笑《ほほえ》まれると、彼のことが大好きな私は顔を赤くせずにはいられない。どんな状況であっても。

そう、たとえ。

「『春』で殿下に勝たないと即挙式」という、このとんでもない状況にあっても。

1

　事の発端は三月初めに行われた卒業式だ。

　私の兄であるヴァンダレイ・スルタルクを始め、オリヴィエ・マーク、セクティアラ・ゾフ様といった、そうそうたるメンツが卒業を迎えた。

　卒業式の後には生徒主催の送別会が開かれるのが伝統だ。教員すら不在の気軽な集まりで、いわば無礼講。毎年必ず羽目を外しすぎる生徒が出る。

　そして今年度最も羽目を外しすぎたのが誰かと言えば、まず間違いなく、オリヴィエ・マークだ。

「ねえ誰か、私と飲み比べしよう！」

　酒瓶を両手に抱えて周りを見渡した彼女。白い歯と快活な笑顔が眩《まぶ》しい。

　ファバードン王国では十六歳から飲酒が許されていて、オリヴィエはめっぽう強いことで有名だ。強すぎてもう誰も飲み比べの相手をしてくれない。今夜も周りの人間は彼女と目を合わせないように努めるばかりである。

　そこで白羽の矢が立ったのが、殿下と二人で立食スペースの料理に舌鼓を打っていた私である。多分兄さまがお酒に強いせいだ。

　オリヴィエが近づいてきたとき、殿下はあからさまに嫌な顔をして、私を自分の背中に隠した。

「マーク、レベッカはあまり酒を飲まない」

「そうなの？　レベッカちゃん、楽しいからやってみよ！　騎士団ではよくやるんだ」

在学中『戦闘神』の名をほしいままにしたオリヴィエは、そういえば騎士団長の娘だった。思い出しつつ口を開く。

「私でよければ、お相手いたします」

周囲が軽くざわめく。オリヴィエは「そうこなくっちゃ」と手を叩《たた》いた。私は渋い顔の殿下を安心させるべく微笑《ほほえ》んでから一歩踏み出した。

ここにいるのは生徒だけだ。少しぐらいなら酔ってしまっても問題ないだろう。何より、『冬』でお世話になった憧れの先輩であるオリヴィエには、楽しい思い出と共に卒業してもらいたい。

周りに野次馬が集まり始め、私とオリヴィエはそれぞれ一杯目のグラスをあおった。

正直お酒を飲んだことは数えるほどしかないのだが、酔いそうだと思った時点で止めればいいのだから大丈夫だ。

そして三杯目のグラスを飲み干した瞬間から記憶がない。


ふわりと、温かい風が頬を撫《な》でた。薄く目を開くとよく見慣れた天井が目に入った。窓から差し込んでいるのは柔らかな朝の光だ。

私は寮の自分の部屋のベッドに寝ていた。

横になったまま軽く伸びをし、自分の左側に目をやる。私の枕元で眠るのが習慣の白蛇に、いつものようにおはようを言うためだ。

「クリスティーナお、は…………」

しかし今日は最後まで言えなかった。いつもとは違うものが視界に入ったのだ。

何かが私の頭の下を通って伸びている。白い布に包まれた細長いそれを目で追っていったら、先から出ているのは人の手だった。

……腕？

不思議な気持ちで自分のを確認する。二本ともきちんとついていた。

じゃあ誰のだ？　寝ぼけた頭を傾《かし》げた直後、ようやく状況を理解した。

私の右隣で誰かが、それも男性が寝ている。ついでにいえば私はその人の腕を現在進行形で枕にしている。

静かに冷や汗をかき始めた。後ろにいるのは一体誰だ。いや誰って、彼しかありえないのだが、もし違ったらどうしよう。

硬直している間にも背後からは規則的な寝息が聞こえている。

ついに勇気を振り絞って振り返った瞬間、隣の誰かが同時にぐらりと動いた。そして私を盛大に巻き込んで寝返りを打った。

「……レベッカ、おはよう……」

「ひゃ！」

私の体をほとんど押しつぶすみたいにして抱きしめたのは、やっぱり殿下だった。

普段より幾分掠れた声が、ほとんど私の耳に口をつけるみたいにして囁《ささや》いてきたものだから、あまりの声の良さに奇声を発してしまった。

「おもい、おもいです殿下……！」

本気で呻《うめ》く。殿下が少しだけ動いて、圧迫感がなくなった。

そして彼は私が呼吸できるようになったのを確認するが早いか、

「……すう」

再び安らかな寝息を立て始めた。

「殿下!?　人の上で二度寝ですか!?」

「冗談だ……」

たまらず悲痛な声を上げる。殿下はやっと私の上から退《ど》き、再び私の隣で横になった。

私は体を起こしてそんな彼をまじまじと見つめた。小さく寝息が聞こえる。なんとも堂々とした二度寝である。

その場に座り直して勝手に寝顔を見ることにした。殿下は身じろぐ気配すらない。目と口をぴたりと閉じて胸を上下させている。

朝に弱いんだろうか。意外な一面を知ることができて嬉《うれ》しい。

誰も見ていないのをいいことににょにょと口元を緩ませていたが、ふと当然の疑問が浮かんだ。

なぜ殿下が私の寝台にいるんだ？

次いで昨日の記憶がないことにやっと気づいた。背筋を冷たいものが流れる。

「……もしかして私、お酒に酔って粗相を」

「いや、圧勝だったぞ」

「え？」

「圧勝だった」

いつのまにか薄く目を開いた殿下が体を起こす。そして「オリヴィエ・マークとの飲み比べ」と言葉を続ける。

「マークがギブを言っても、レベッカは顔色ひとつ変えずにっこり笑っていた……だが少し違和感があって連れ出した。普通に立ち上がって歩いていたから杞憂かと思ったら、講堂を出た途端、『ところで、殿下は今日四人いらっしゃるのですね』と」

「……………」

「『どうしましょう、私は今日も一人しかいないんです』と」

「………………」

「部屋まで送って寝台に寝かせて出て行こうとしたら、『あの、でんか、かえっちゃうんですか』、と
――」

「わかりましたからもうやめてください――――！」

わっと両手で顔を覆う。誰か、頼むから昨日の私を力一杯叩いて目を覚まさせてきてほしい。

大勢の前でこそ根性で令嬢面をしていたらしいが、肝心の殿下に思い切り迷惑をかけているではないか。

『酔いそうだと思った時点で止めれば大丈夫』とか言ったの誰だ。私だ！

「レベッカ」

殿下が優しい声で言った。顔を覆う手から目だけ出したら、殿下が私を覗《のぞ》き込んでいた。

「俺の隣はそんなに居心地が良いか？」

きょとんとした私に、殿下は愛《いと》しいものを見るような視線を送った。

「人前ではちゃんとしていたのに、俺と二人になった途端、酔っているのがわかるようになった。俺といるときは気が休まるということか」

私は眉根を下げた。

酔っ払いに迷惑をかけられたら、人は怒るべきなのだ。間違ってもそんなふうに嬉しそうな顔をするべきではないのだ。

もっと喜んでほしくなるではないか。

「……はい、殿下といると安心します」

なんとなく再び顔を隠してから言うと、そのまま抱きしめてもらえた。私もその背に手を回す。

しかしそのとき、はたとあることに気がついた。

「婚姻前に同じ寝台で寝るって問題じゃないですか……？」

相手が婚約者だとしても、結婚前に同じ寝台にいるのはよろしくない。半年程前、初めて殿下に好きだと言ってもらえた日も、彼は私の部屋に一晩いないで自分の部屋に戻っているのだ。

「大丈夫だ、問題ない」

　至って落ち着いた声が返ってきた。

「そうでしょうか」と返すと、殿下は私を抱きしめたまま事もなげにこう言った。

「ああ。式を挙げてしまえばいい」

「しき？」

「結婚式だ」

「ケッコンシキ？」

「ああ。今から急ぎ準備して……夏季休暇に間に合わせよう」

　首をひねる。

　けっこん……血痕……結婚式？

「で、殿下、私たちまだ学生です！」

「問題か？」

「もちろんです！　早すぎます！」

　たまらず殿下の腕の中から抜け出た。しかしするりと両手を取られる。顔を上げれば殿下が私を見つめている。

「レベッカは俺と結婚したくないのか」

「いえっ、ちが、そんなことは」

「愛してる」

「うっ！」

「俺と結婚してくれ。一生大切にする。絶対幸せにする」

「ううっ……！」

『こうか は ばつぐんだ！』。殿下の怒涛《どとう》の愛の言葉を受け、亡き母がかつて妙に片言で言っていた言葉が頭をよぎった。

だが流されてはいけない事態だ。よく考えながら口を開く。

王立貴族学園在籍中に結婚する貴族はそうそういない。ましてや殿下は未来の国王。

「学生結婚は、やっぱり……。それに、去年やっと断罪を回避したばかりで、心の準備がまだ……」

殿下が真剣な顔になる。

去年の舞踏会の後、私は彼に秘密を打ち明けたのだ。乙女ゲームやそのシナリオ、攻略本のことも、一通り全て。

殿下は少し考えるようにしてから「なるほど」と呟《つぶや》いた。

「なら次の『春』で勝負をしよう。俺が勝ったらすぐに式を挙げよう」

「……えっ」

よく意味がわからなかったのでもう一度伺ってみた。聞き間違いかと思ったが、そっくり同じ言葉が繰り返されただけだった。

「次の『春』で勝負をしよう。俺が勝ったらすぐに式を挙げよう」

「………何でですか!?」

「ちなみに俺は本気でやる」

「勝てる気がしない！」

大きな声を出したら、気持ちよさそうに眠っていたクリスティーナを起こしてしまったようだ。じとっと視線を感じる。でも今ピンチなのだ。許してほしい。

その日、親友二人に事情を話した。

エミリアは「もちろん私はレベッカ様の味方ですから！　任せてください、『春』であの男に出くわしたら背後から爆破してやりますっ！」と意気込んだ。

メリンダはただ静かに「諦めなさい」と言った。

諦めるなんて選択肢はない。もとはといえば私がお酒に酔ったのが悪いのだが、ここまで来るともう意地だ。

こうして、私にとって去年にもまして気合の入る『春』が始まったのだ。

＊＊＊

いよいよ『春』の火蓋が切られる。待機室がだんだん静まり、代わりに緊張が高まっていくのを肌で感じる。

『春』は全生徒が一斉に学園のどこかに『転送』され、ヒントを得て隠されたゴールに到達する早さを競う競技だ。

『行事』は『春』・『夏』・『秋』・『冬』合わせて四つあり、一年を通して行われる。

いずれも誉れある『称号』獲得の審査に大きく影響するため、生徒はみんな気合十分だ。学年に関係なく最も優秀な男女三人ずつが『三強』、次に優秀だった男女五人ずつが『五高』に選出される。『春』では道具が一人一つまでで、フアバードン王国貴族のパートナー・『幻獣』をカウントするので、愛用の短剣は持っていけない。

「じゃあエミリア、メリンダ、また後で」

「二人とも、鉢合わせしても恨みっこなしよ」

「望むところです！　ゴールで会いましょう！」

ついに強い光を放つ魔法陣が足元に浮かび上がった。下からの強烈な風で制服の水色のワンピースがはためく。小さなクリスティーナが吹き飛ばされないよう抱きしめた。

懐かしい浮遊感に包まれ、私たちは散り散りになった。

地面に足がつく感触があってすぐ目を開く。素早く周囲を確認した。

その瞬間、私を含めて二十八人の生徒が、互いの姿を認識した。

「――ッ!?」

ほとんど反射で全方位に攻撃魔法を繰り出した。私と同じように反応した側とそうでない側がいて、人数が一瞬で半分に減った。

広大な敷地のうち、『第一校舎前広場』は最初に転送される生徒の数が多いことで有名だ。

つまり開始早々激戦区になるのである。

私は今まさにそのど真ん中にいるのだ。

四方で攻撃魔法が飛び交う。飛んできたのをスレスレでかわし、新たに打って応戦する。少しでも気を抜けば被弾して即ゲームオーバー。運が悪いことこの上ない！

『『三強』スルタルク公爵令嬢とお見受けする！　良い腕試しができそ――」

「クリスティーナ、お願い！」

私が呼べば、幻獣・クリスティーナが眩い光に包まれて応える。その体がぶわりと質量を増し、クリスティーナは白い龍に姿を変えた。

そして巨大な尾をぶんと振り回す。

「ぐえっ」

蛙《かえる》が潰れたみたいな音と共に先程の男子生徒が吹っ飛んでいくのを見送った。

生徒は全員学園長の防御魔法をかけられていて、攻撃されても失格になるだけで怪我《けが》はしないようになっているから大丈夫だ。

「クリスティーナ、ここにいちゃダメだわ！　『ヒントの魔法』をかけられた新入生を探しに行かないと」

「キュ、シュー！」

「あら、近いのね！」

『ヒントの魔法』は新入生の一部にランダムにかけられていて、その人間を戦闘不能にさせた一人だけがヒントを得られる仕組みになっている。

「他に取られないうちにいかないと――」

周囲に目を走らせた、そのとき。

ドッカァァァアン！

爆音が耳をつんざいた。大地が小刻みに震え、一拍遅れて爆風が押し寄せた。その場の全員が数秒間意識を持っていかれる。

私はその隙に攻撃魔法を撃つ手を止め、クリスティーナの首にひらりと跨《また》がった。一気に上昇し『第一校舎前広場』を一人離脱する。

こちらを見上げる生徒たちの姿が遠ざかっていくのを確認した後、もくもくと黒い煙と炎を上げる遠くの森に目をやった。

「もう、エミリアってば」

爆発の原因はおそらく彼女である。幻獣・九尾の爆破魔法を景気良くぶっ放しているのだろう。名を上げるために群がってくる『五高潰し』を「撃――――！」とか叫んで蹴散らしているに違いない。

その様子を想像して思わずくすくす笑っていたら、クリスティーナがぐんと高度を下げて、前髪が浮いた。ヒントの新入生を捕捉したのだ。

強風に翻る自分の髪の隙間から地上に目を凝らす。

一人の男子生徒。校舎群から寮の方角へ移動している。足がかなり、いやすごく速い。背が高く髪は紺色だ。

「……あ」

知らず声が出た。クリスティーナの魔法を通して感じる彼の気配は、私がよく知っているある人物のものにとても似ていたのだ。

——多分『あの人』だ。

私はその男子生徒に正面から堂々と近づくことにした。彼は途中でこちらを振り返ると、顔を引きつらせて立ち止まった。

「ごきげんよう」

その前に優雅に降り立つ。男子生徒は腹の底から出たみたいな深いため息をついた。

「……どうも。いきなり『スルタルクの宝石令嬢』サマに見つかるなんてついてねぇ……。でも舐《な》めないでください。俺、逃げ足だけは一人前って有名なんスよ」

彼はペラペラ喋《しゃべ》りながらも私から少しも目を離さない。一見不遜だが実際は一切油断がないのだ。

私は内心感心しながら口を開いた。

「ヒントは欲しいですが、戦いはしません。あなたにかけられたその魔法を調べさせていただければ、ヒントを得るためのもう一つの方法を知ることができます。その方法ならあなた自身もヒントを得られます」

「はは、信用すると思います？」

口の端を吊《つ》り上げる彼。信じてもらえなくても、この話は本当だ。

ヒントの人間は基本他の生徒に追われ戦闘不能にさせられる運命にあるが、ヒントを得る方法は実はもう一つあるのだ。去年が『暗闇の中で見る』だったように、その内容は毎年変わるので、実際に調べないとわからないが。

どうしたものか。

顎に手を当て考えながら、するりと目線だけを彼に戻した。彼は彼で不敵に笑いながら目をそらさない。

ポケットに手を突っ込み、シャツは第三ボタンまで開いていて、両耳にはじゃらりとピアスが揺れている。

「ええ、マーク様」

その余裕を壊す最初の言葉。

彼の瞳が丸くなる。――当たりだ。

「初めまして、ブライアン・マーク様。あなたのお姉様とは飲み比べをした仲です」

彼はブライアン・マーク。戦闘神オリヴィエの弟で、騎士団長の息子。

そして、『乙女ゲーム』の攻略対象だ。

この世界が『乙女ゲーム』だと知ったのはもう一昨年のことになる。去年一年間は『悪役令嬢』の運命である国外追放を回避するべく必死だった。

しかし『ゲーム』には第二部がある。母さまが生前私にくれた『攻略本』には、引き続きその内容が記してある。

主人公は変わらずエミリアだ。第一部で晴れて三強の称号を勝ち取った彼女が、再び学園で『イケメン』たちと恋をする。第一部の恋愛はリセットらしい。

重要なのは、第二部には悪役令嬢レベッカが登場しないということだ。

第一部で断罪され退場しているはずの私は、いわばイレギュラーな存在。私のせいでシナリオが変わることもあるかもしれない。

はたまた『シナリオの強制力』が働いて即退場、なんて可能性すらあるのだ。何が起きるか予想がつかなくて今から不安だ。

そして第二部では新たな『敵キャラ』が出張る。

春季休暇の間、私は考えた。シナリオに登場しない私はもう国外追放されない。なら攻略本で『行事』の内容を知ってしまうのはただの不正だ。

だから決めた。攻略本は読む。第一部の内容を変えてしまった私は、主人公のエミリアに代わって第二部のシナリオに対応し、この一年間を無事に終わらせる義務がある。

だが『行事』の細部は読まない。

今年は去年とは違い、自分の力で勝負がしたい！

そして今私の前に、攻略対象が一人、ブライアン・マークが立ちはだかっている。攻略本によればこうだ。


ブライアン・マーク。攻略対象、第一学年、紺色の髪に茶色の瞳、父は騎士団長で姉はオリヴィエ・マーク、備考：不良少年

彼は切れ長の目をすっと細めて口を開いた。

「俺をご存知ならこの噂《うわさ》もお聞きになってます？　『騎士団長の子息は、姉に戦闘の才能を全て持っていかれた』って」

「ええ、存じ上げております。そしてあなたはその分頭の良い方だとも伺っております」

にわかには信じ難いが、王都に住む者なら一度は耳にしたことがある有名な話だ。

フアバードン王国を守る誇り高き騎士団で育った彼は、十歳のときから『負け続き』。

最近は剣を取ることすらないとか。今も腰に剣をぶら下げてはいるが、手にする様子が全くない。

「ですからブライアン様、私と取引しましょう」

意識して意味ありげに微笑みかけた。

戦わない彼相手でも油断は禁物だ。彼は姉のオリヴィエとは違い頭脳派。おめおめと正面から近づいたのは、一応は算段があるからなのだ。

「内容は簡単です。私はあなたを信じますから、あなたも私を信じてください」

言うと同時、魔力で縄を一本形成する。クリスティーナに離れてもらい、縄で自分の両手首を縛ってみせた。自分でやるから一周しか回せなかったが、それでも簡単には動かせない。

さらには地面に膝をつき、駄目押しとばかりに目も閉じた。ブライアンの訝《いぶか》しげな声が聞こえる。

「……何のつもりです？」

「私は決して動きませんから、攻撃したければどうぞなさってください」

は、と呟いた彼に、たたみかけるように続ける。

「私はあなたのヒントの魔法を調べたい。近づいても危害を加えないと、あなたに信じてもらいたい。そのためにまず私があなたを信じます」

歌うように説明すると沈黙が降りた。

わずかに衣擦れの音が聞こえる。ブライアンが私の目と鼻の先まで近づいてきたのを感じ取った。

それでも目を開けない。私にはこの作戦が成功する自信があった。

案の定、聞こえたのは呆《あき》れたような声だ。

「……クソ、わかりましたよ」

ゆっくり目を開き、正面の彼を見据えた。

さも面倒だというように頭をガシガシと掻《か》いているブライアンは見た目が不良だし、言動は粗野だ。

しかしブライアン・マークは、攻略対象、オリヴィエの弟。

そしてそれ以上に――――『一人の騎士』。

王都では有名な、『騎士団長の子息は姉に戦闘の才能を全て持っていかれた』という噂。

それはいつだって続きを伴って語られる。

ある男性はこう続けた。

「でも、王都で暴漢に襲われたとき、助けに入ってくれたのは彼だった。『いいから行け』と叫んで、俺と家族を逃がしてくれた」

ある女性はこう話した。

「でも、小さな子供を庇《かば》っているのを見ました。貧民街の孤児を気にする人なんて、私はあのとき初めて見ました」

そして多くの者はこう結んだ。

「でも、たとえ戦えないのだとしても、彼の心はまさしく騎士そのものだ」

今、目の前のブライアンに視線を戻す。彼は三強の姉にも自分の出自にも恥じない、立派な騎士様なのだ。

そうして私は近づくことを許され、彼の体に軽く触れた。魔力を流して魔法を読む。

「……ブ、ブライアン様」

「はいはい。ヒントを得る方法はわかりました？」

「ええ、あの……」

私は次の言葉を発するのを心底躊躇《ためら》った。

「三回まわって、『ワン』とお願いします……」

今までで最も重く長い沈黙が私たちを包んだ。私は本気で、「彼に信じてもらうためにまずは私が三回まわってワンと言うべきか」と悩んだ。

「死ぬほどからかわれるから姉貴にだけは言わないでくれ」と念を押してから三回まわり、「わん」と口にして顔を真っ赤にさせた彼は、申し訳ないが正直可愛《かわい》かった。

『第三校舎五〇一号教室の扉を三回叩け』。これが私が得たヒントの内容である。

顔どころか首まで赤いブライアンに一緒に行くか聞いたが断わられ、挨拶して別れた。

再びクリスティーナに跨り、単身第三校舎を目指した。位置的には悪くない。五分も飛べば着くはずだ。

しかし事はそう簡単にはいかない。

空にいる私のさらに上空に、突如として矢の雨が出現したのだ。

「キュッ！」

「ッ、クリスティーナ！」

クリスティーナの体の大きさがここで災いした。私が防御魔法で防ぎきれなかった二本の矢がクリスティーナの体に突き刺さる。

はるか下方を確認すれば、クリーム色のポニーテールの女子生徒が女子寮の屋上から私を見上げていた。

「ホートン伯爵家、ハンナです！　スルタルク公爵令嬢、降りてきてください！」

その顔を確認して記憶をたぐり寄せた。ホートン伯爵家の一人娘ならたしか新入生だ。三強の私を討っていち早く名を上げたいのだろうが、「降りろ」と言われて素直に降りてやる必要はない。

「道を急いでおりますので！」

にっこり笑って、少しも止まらずに飛び続けた。

クリスティーナに傷をつけた時点でかなりの実力者だ。ここは無視するのが最善。

もし彼女が次の言葉を叫ばなかったら、だが。

「王妃の座、譲ってもらえませんかー！」

正直ぎょっとした。顔に出さないのが大変だった。

しかし振り返ってみてそれ以上に意外だったのは、彼女が覚悟を決めた人間の目をしていたことである。そこには少しの悪意も欲もないような気がした。

「……クリスティーナ、まだ頑張れる？」

「キュイキュイ！」

「そう……ありがとう。大好きよ」

クリスティーナのつるりとした鱗《うろこ》を一撫でして、逆向きに方向転換する。

屋上で仁王立ちする彼女の前に降り立った。近づいてみてわかったが、彼女もヒントの魔法をかけられた新入生のようだ。

「理由を伺っても？」

言いながら、さっきの彼女の矢のように、魔力の短剣を形成する。同時にハンナも魔力の弓矢を手元に作り出した。

「お金です！　うちは伝統があっても貧乏なので！　両親に楽をさせたいです！」

「そうでしたか。でもごめんなさい――」

「それにっ！」

ハンナが私の言葉を遮った。小柄な体をぶるぶる震わせ、ビシッと私を指差した。

「ただ顔がよろしいだけならまだしも、そのサラサラ黒髪ロング、泣きぼくろ、極め付きに悩ましボデイ……！　羨ましいッ！」

「……」

最後いらない私怨が混じったが、彼女は彼女でその華奢《きゃしゃ》な肩に大事なものを背負っているらしい。

だがそれは私も同じだ。

極限まで集中して魔力を高める。いつでも斬りかかることができるよう、手足に強く力を込める。

顔はいつもと同じで令嬢らしく。見る者を虜《とりこ》にする優雅な微笑みだ。

「私はもう二度と、自分から身を引く気はありません。――私からあの人を奪いたいなら、力ずくでどうぞ」

そう宣言して、互いに一歩踏み込んだ瞬間だった。

私とハンナは同時に息を呑《の》んだ。

互いのちょうど中間に突然巨大な火柱が上がった。炎は一度天を突いた後、ぎゅっと収縮しまとまって人の形に変わった。

そうして現れたのは、炎をそのまま髪に宿したかのような、苛烈な美しさを持った女性。

ハンナの驚愕《きょうがく》に染まった声が響く。

「ゴウデス侯爵令嬢！」

五強にして最高学年、キャラン・ゴウデス――今年度最も三強に近いと言われる女傑。昨年は殿下に想《おも》いを寄せるあまり幻獣の子熊の力が暴走し、私を襲ったことがある。

私はそこで眉を寄せた。キャランが向き直ったのが私ではなく、反対側のハンナだったからだ。

「ごきげんよう。先ほど『王妃になりたい』とのたまわれたのはあなたで間違いないかしら？　ホートン伯爵令嬢」

名前を呼ばれたハンナが短く悲鳴を上げた。

「順番待ちの列に割り込むのはおやめなさいな。あなたが思うよりその列は長く続いているのよ。――そうでしょう？　レベッカ様」

振り返ったキャランから意味ありげな視線が送られてようやく理解した。

先ほどの「王妃の座を譲れ」というハンナの叫びは、私の思わぬ援軍をここに呼び出してしまったのだ。

「わたくしがお相手いたしましょう――しかもあなた、ヒントの魔法をかけられていらっしゃるのね。ちょうど良かった」

ド迫力の美貌を持つ彼女に歩み寄られて、かわいそうにハンナがうさぎみたいに震え始めた。

ほんの少しだけ胸がすく思いでクリスティーナに飛び乗る。

「キャラン様、次にお会いしたらぜひお手合わせを」

「ええ、もちろん。この一年のうちに貴方《あなた》を負かして差し上げますわ」

自信たっぷりに笑ってみせるキャラン・ゴウデスは、『ゲーム』正シナリオでは主人公エミリアの頼れる味方だった実力者。特に女子生徒からの信頼が厚く、学園内に『親衛隊』と呼ばれる熱狂的なファンの組織を抱えるほど。

彼女と私は、これからやっとライバルという名の友人関係を築けるのかもしれない。

第三校舎にある程度近づいたところでクリスティーナから降りた。ゴールの場所を他の生徒に知られないためだ。

クリスティーナがしゅるしゅると小さく縮んでいき、白くてちっちゃな蛇に戻る。

「無理をさせてごめんね。ゆっくり休んで」

ぎゅっと抱きしめてから定位置である制服のポケットの中に入れる。

すぐに駆け出して、素早く校舎に入った。人の気配はない。それでもなるべく音を立てないように気をつけながら、五階まで階段を一気に駆け上がっていく。

このまま行けばなかなかの好タイムだ。体感は開始から三十分と少しといったところ。

息が切れて軽く上下する胸を押さえながら、最後の数段を跳ぶようにして上り切った。

真横から人の手が伸びてきたのはそのときだ。

突然のことに目を見開く。一瞬心臓が止まった。咄嗟《とっさ》にしゃがむように膝を折りながら、その手の向こうにいる誰かを見ようとする。

視線が交差して、またさらに肝が冷えた。そこにいた人物を私は知っていた。

ちゃんと顔と名前が一致したのは、彼が去年『五高』に選ばれたときだったか。

――彼こそ第二部の『敵キャラ』。

何をするつもりなのか彼は私に手を伸ばしていた。数秒が何分にも感じられる奇妙な感覚の中、その指が私の前髪を割った。

なす術《すべ》もなく額に触れられそうになって、たまらずぎゅっと目を瞑《つぶ》った、その瞬間。

「――触るな」

はっと目を見開いた。

大好きな人の声がした。

＊＊＊

レベッカが何者かに襲われた十五分ほど前のこと。

ルウェイン・フアバードンは『五〇一号教室の扉』に寄りかかり、何をするでもなく、ただ扉に背を預けていた。

そこはまさしく『春』のゴールだから、コンコンコンと三回小突けば、ルウェインは間違いなく一位で『春』終了だ。

だが彼はまだそうしない。彼の優秀な婚約者が到着するのはそう後のことではないはずだ。彼女が来たら同時に入るか先に通すかするつもりだった。

ルウェインの行動にはある理由がある。

『おおお……！』

先日、卒業生の送別会で行われた飲み比べ。レベッカがかの大酒豪オリヴィエ・マークを下した瞬間、会場は沸いた。

しかしルウェインが気になったのは婚約者の様子だ。

大盛り上がりの人だかりの中心で美しい笑みを浮かべている彼女に、漠然とした違和感があった。周りからの賞賛の言葉に返事をするわけでもなく、ただにっこりと笑い続けている表情。

近づいて声をかけた。

『そろそろ引き上げないか。部屋まで送る』

『わかりました』

レベッカは危なげなく立ち上がった。ルウェインと共に会場を出る。

寮までのしんとした道を二人で歩いた。多くの生徒はまだ無礼講を楽しんでいるかそもそも出席していないかだから、世界がルウェインとレベッカの二人だけになったかのような夜だった。

ここまでしっかりした足取りのレベッカに、ルウェインが気のせいだったかと思い直した頃だ。

レベッカが不意に歩みを止めた。

『ところで、殿下は今日四人いらっしゃるのですね』

『——は？』

『そういうことは先に仰《おっしゃ》ってください。びっくりしてしまいます』

あくまでしっかりした口調。

しかし『どうしましょう、私は今日も一人しかいないんです』などと続ける彼女の顔を覗き込んでみて、ルウェインは珍しく驚きを露《あら》わにした。

『レベッカ、酔ってるな？』

先ほどまでの完璧な令嬢は一体どこに行ったのか。頬《ほお》は赤く上気し、息は熱く、視線は覚束《おぼつか》ない。

『いいえでんか、わたしよってません。だってでんかのこいびとですから』

彼の婚約者はそこでなぜかふふんと胸を張った。「どうだすごいだろ」と言わんばかりだった。

ルウェインは彼女を横向きに抱き上げた。運んだ方が早いと思ったのだ。

驚いたレベッカがルウェインの首に腕を回してぎゅっと掴《つか》まる。ふわりと甘い香りがしてルウェインの鼻腔をくすぐった。

『気分は悪くないか？　少しどこかで休んでもいい』

『でんか、わたしよってないです。だからおもかったらおろしてください』

『大丈夫だ。むしろ一生このままでいい』

レベッカが楽しそうに笑った。至極真面目な顔で冗談を言ったルウェインが面白かったらしい。ルウェインは別に冗談など言っていないがそれは置いておく。

レベッカはそのままご機嫌で、『セクティアラ様が相変わらず可愛らしかった』だの『兄さまが羨ましい』だの話し始めた。

だがそれも少しすると控えめな寝息に変わった。ルウェインの肩口に頭を預けて、すよすよと眠っている。

それを確認すると、ルウェインは早足に切り替えて女子寮に向かった。寮監に事情を説明して入室許可をもらう。レベッカの部屋に行くまでにたくさんの女子生徒とすれ違ったから、明日以降レベッカが頭を抱えそうだ。

部屋に入ると白蛇が近づいてきた。主人をベッドに寝かせると白蛇もやっと安心できたのか、枕元に丸くなった。

もう窓の外は真っ暗だ。ルウェインはカーテンを閉め、レベッカの頭を一撫でした。そして立ち去ろうとした。

だが何かが彼の上着の裾を掴んだ。

『起きたのか?』

振り返って、横たわったままの彼女の顔を覗き込む。その前髪を横に流してから頭を撫でてやる。

レベッカはルウェインの質問に答えなかった。

『でんか、もうよるですね』

『ああ』

『そとはまっくらだし、きっとすごくさむいですよ』

『……』

もう春だし、夜でもそんなに寒くはない。

ルウェインは自分の婚約者を見つめた。彼女も彼女でじっとルウェインを見ていた。

そのときルウェインは急に、昔よく『窓』を作って盗み見た、小さい頃のレベッカを思い出した。

夜になるとベッドの中で寂しさに泣いていた女の子。すっかり大きくなって、今こうしてルウェインの前にいる。

口を閉ざすルウェインに何を思ったのか、レベッカはか細い声を絞り出した。

『……あの、でんか、かえっちゃうんですか……』

沈黙が室内を包む。ルウェインはたっぷり三秒ほど思考を停止した。

そしてため息をついた。体中の空気を全て吐ききるかのような、深い深いため息である。

――――何の試練だ、これは。

『……帰らない方がいいのか』

額を押さえながら聞けば、逡巡《しゅんじゅん》の後『はい』と小さな声が返ってくる。

『寝台は一つしかない』

『わたしゆかでねられます。だってでんかのこいびとですから』

『レベッカ、その文脈では使わないでくれ。誤解を生む』

彼女はまたもやふふんと胸を張っていた。

ルウェインの婚約者は、彼にだけは酔った姿を見せてくれる。抱き上げたら腕の中で寝るし、家まで送れば「帰らないでほしい」とお願いする。

それとなぜさっきから『恋人だ』と当のルウェインに自慢してくるのか。それはもう幸せそうに、よそ行きの微笑みとは違う、満面の笑みで。

『…………あり得ない』

ルウェインは呻いた。

あり得ないほど、愛《いと》しい。

ルウェインは諸々《もろもろ》を諦めて上着を脱いだ。寝台に入ると、レベッカが奥に詰めてスペースを空ける。

普段の彼女ならしない行動だ。

寝るに限ると思い目を瞑ったルウェインだったが、

『殿下、『乙女ゲーム』の第二部が始まりますね』

すぐにまた開いた。彼の婚約者の声は、夜の闇に溶けてなくなりそうなほど頼りない響きだった。

『不安なのか？』

そう問えば、レベッカは『少しだけ』と苦笑する。

ルウェインは全ての真実をレベッカから聞いていた。

主人公や攻略対象たちのこと、レベッカが悪役令嬢になるはずだったこと、国外追放されるというシナリオに抗《あらが》ってきたこと――。

そして、これから始まる第二部のこと。

『私は主人公でもエミリアでもないですから』

ルウェインは考える。レベッカはこれからエミリアに代わって学園を守ろうとしている。それは第一部のシナリオを変えたことへの責任感だけが理由ではない。

レベッカは大事な親友を守りたいのだ。自分が代わりに危険や苦労を引き受けようとしている。

『大丈夫だ。今年は俺がいる』

その瞳が不安に揺れなくて済むよう、一人でいたくない心細い夜も安心して眠れるよう、ひんやりした手を包み込んでやる。自分の体温を移すように握り込む。

『今までよく一人で頑張った。俺はレベッカを誇りに思う。今年は俺がいる。何も心配しなくていい』

噛《か》んで含めるように言えば、レベッカはやっと力が抜けた表情を見せてくれた。その手に温度が戻ってくる。

ルウェインが、レベッカの不安を取り除けたかと安堵《あんど》しかけたときだ。

『誰かに殿下を取られないよう、頑張りますね』

その瞬間のレベッカのことを、ルウェインはひどく不自然に思った。

彼女がわざと茶化したような言い方をするのは珍しいし、何よりその笑顔が強張《こわば》って見えた。

『結婚しよう』

口をついてその言葉が出た。

『卒業を待たず、すぐにでも』

レベッカが口をぽっかり開けてルウェインを見る。

『すぐにでも……？』

『ああ。招待状の送付とドレスの採寸が急務か？　場所は王宮以外選べないが、他はレベッカが決めていい。近いうちに一緒に指輪を買いに行こう。ああ、お前の兄が自分がヴァージンロードを歩くと言って公爵と揉《も》めるかもな』

いまだかつてなく饒舌《じょうぜつ》なルウェインに、レベッカは今度こそ心の底から安心したような、綻ぶような笑顔を見せた。

ルウェインはやっと満足した。レベッカを抱きしめ目を閉じる。すると腕の中の体温が距離をつめるように少しだけ動いた。

レベッカの頬にキスを落としてから、ルウェインは満ち足りた気持ちで目を閉じた。

翌朝のレベッカはこんな話をしたことをすっかり忘れていた。それで良いとルウェインは思う。

あの夜彼女の口からこぼれたのは、きっと彼女自身も気づいていない、心の奥底の不安だった。気づかないままならそれで良い。ルウェインが勝手に解決すればいい話だからだ。

つまるところ、ルウェインが『春』でレベッカに持ちかけた勝負の本質は、ルウェインの揺るぎない気持ちをレベッカに伝えることにある。

真剣に考えたレベッカがどうしても「まだ早い」と思うのならそれはそれでいい。

だからルウェインはゴールせずレベッカを待った。まあ多少気合が入ってしまって、早く到着しすぎたことは認める。歴代最速の可能性すらある。

少ししてレベッカが第三校舎に足を踏み入れたのをルウェインは知っていた。自身の幻獣である鷲《わし》のグルーに、空から第三校舎を見張らせていたからだ。

異変が起きたのはその直後だ。

レベッカの後を尾《つ》けてもう一人入ってきた。その人間はヤモリのように外壁をつたって、階段を駆け上がるレベッカを途中で抜かした。

そのまま『五〇一号教室の扉』に向かってくるならどうだってよかった。

だがその気配は突然進むのをやめた。場所は五階。階段のすぐそば。

そこで息を潜めて――――レベッカを、待っている。

確信に変わった瞬間に転送魔法を使った。急に魔力を最大まで引き出したせいで、全身がカッと熱くなる。体が軋《きし》み、沸騰した魔力が渦を巻き、四肢に鋭い痛みが走る。

それでも、周りの景色が一変すると同時、ルウェインは地面に足がつくよりも先にレベッカに向かって手を伸ばした。

そこにいた男が『敵キャラ』と呼ばれる存在であることすら、今のルウェインにはどうだってよかった。最大かつ唯一の問題は、その男がレベッカに触れようと手を伸ばしていた事実、これだけだ。

愛しい彼女を後ろから抱きしめるように引き寄せる。

「――――触るな」

彼女は、俺の婚約者だ。

＊＊＊

体勢を崩した私を力強い体が支えた。振り返り見上げれば、怒りを宿した群青が真っ直《す》ぐに相手を睨《にら》みつけている。

「殿下！」

どうしてここに。

彼の張り詰めた空気がふっと緩む。怒気が霧散して、代わりに気遣うような視線が送られる。

そのとき私たちと向かい合う男が口を開いた。

「これはこれは。少々まずいな。二対一じゃあないか」

ふむ、と考え込むような顔をするその男。攻略本によれば、

サジャッド・マハジャンジガ。五高、第三学年、動きのある髪でオールバック、全般的に優秀なオールラウンダー、幻獣はバク、備考：第二部の敵キャラ

攻略本で知っていたものの、いざ目の前にした彼は背が高く体格もいい。学園では「優秀でしかも親切だ」と、男女分け隔てなく人気があるのを知っている。

――――だが、私は前から思っていたのだが、

「ならせめて……少しくらいは抵抗してからやられるとしようか？」

この男、いつも目が笑っていない。

背筋がゾッとして思わず一歩下がった。人の良さそうな笑みと真っ黒な瞳との対比が恐ろしくちぐはぐで、気味が悪い。

しかし。

「なんてな！」

殿下が怒りを込めて一歩前に踏み出したとき、サジャッドは出し抜けに自分の真横の窓を魔法で吹き飛ばした。

そしてひらひらと手を振りながらその窓から外へ飛び降り、姿を消した。

殿下がそれを確認してから私に向き直る。

「レベッカ、無事か」

「ええ、殿下が助けてくださいましたから……。ありがとうございます」

ほっとしてなんとか笑顔を作りつつ、心臓はまだ早鐘を打っている。

サジャッドは第二部の黒幕。攻略本にあった通り、その幻獣はバクと呼ばれる四つ足の生き物だ。

彼はその力で他人の『夢』に介入できる。

『昨日見た夢はどこで何をしたものだったか』。この情報が夢の『住所』に当たるらしい。これさえわかればその人間の夢は次の晩からサジャッドの手中だ。

恐ろしいのは、人の夢が深層意識と強い繋《つな》がりを持っていることだ。

なんとサジャッドは夢の中で、その人の大事な記憶を隠したり、壊したり、新たな思想を植えつけたりすることができる。しかもその痕跡は一切残らず証明が困難だ。

学園には『他人に好きな夢を見せられる能力』と偽っているから、たしか去年の『夏』で入賞していた。

――第二部のシナリオでは、この力で主人公エミリアがサジャッドの傀儡《かいらい》にされてしまう。

目当ては『三強』の権力や特権。彼の家は子爵家で、特に現子爵がその力を欲している。サジャッドは自分の力に限界を感じ、三強である主人公を自分のものにすることを思いついた。

『俺はな、エミリアッ！　お前が三強だから近づいたんだよ！　そうでもなければ、お前みたいな下《げ》賤《せん》な平民などッ！』

第二部の舞踏会で主人公に悪行を暴かれた彼は、本性を剥《む》き出しにしてこんなふうに叫ぶそうだ。

好青年の皮を被《かぶ》った身分差別主義者――それがサジャッド・マハジャンジガの本当の姿なのだ。

現実ではエミリアが三強ではないから、順当に考えれば狙われるのは私だろう。

だがしかし、今は『春』だ。サジャッドが私に危害を加えてもなんら問題はない。

殿下にお礼を言ったとき、私は第一部の『春』を思い出していた。デジャブである。

「殿下、もしかしてまた私を探していらっしゃいました……？」

「いいや、偶然だ」

「本当ですか？」

「ああ」

疑いをもって彼のすました顔を見つめる。『何食わぬ顔』が上手だ。十人に九人が信用するだろうが、私はあいにく残る一人である。

追及しようとしたら殿下がふと顔を上げた。

「今、新たに二人校舎に入ったらしい……この魔力は、オズワルドか。一緒にいるのは妹だな」

名前を聞いて息を呑む。

オズワルド・セデン――第三学年にして三強、燃えるような正義感を持った男だ。幻獣は土竜《もぐら》だっただろうか。

妹であり五高のジュディス・セデンと共にこの場所にたどり着いたらしい。

「なあ、レベッカ」

「はい」

つい目を瞬《しばた》いた。殿下が楽しいことを思いついた少年みたいな顔で私を見ていたのだ。群青の瞳がいたずらっぽくきらめく。

「せっかくなら、二人で一位が取りたくないか？」

「！　はい！」

「決まりだ。行こう」

殿下が私に手を差し出す。顔を輝かせてその手を取った。少しの緊張と、それを上回る興奮で胸が膨らむ。

今から始まるのは、殿下と私が出会って以来初めての共闘である。

殿下の手をしっかり握り返すと、彼の風魔法が私たちの背中を押し始めた。少しの跳躍で宙に浮くかのごとく移動できる。

文字通り飛ぶように廊下を走って五〇一号教室の扉が見えたときだった。

「来るぞ」

短く声をかけられた直後、扉の向こうの角から一人の女子生徒が姿を現した。

ふわふわした深緑の髪を揺らし、背後へ向かって何か言いながら扉へ走り寄り、

「お兄ちゃん、ゴールが――――うわっ⁉」

叫び声を上げて急ブレーキをかけた。

飛び出してきた女子生徒、もといジュディス・セデンに、床を踏み抜く勢いで加速した殿下が一気に肉薄したのだ。

目にも留まらぬ速さで彼が腕を振り上げると同時、その手の中で魔力の刃《やいば》が形成されていく。鋭い切っ先が出来上がると同時にジュディスの首に届こうとする。

――しかし。

にゅっと大きな手が伸びた。ジュディスの背中を掴み、間一髪で引き戻す。

ガキン。

ジュディスと入れ替わりに前に出たその男は、殿下の一撃を当たり前のように受け止めた。

殿下は殿下で表情を変えることもなく、当たり前のように二回目、三回目の攻撃を加える。

「ルウェイン、妹に怪我をさせないでくれよ」

猛攻を受けながらなお笑みを浮かべてみせた彼こそ、三強が一角・オズワルド・セデン。

精悍《せいかん》という表現がぴったりで、今年も乙女ゲームの攻略対象の一人だ。妹と同じ穏やかな森のような瞳と髪。童顔と鍛えられた体のギャップが女性、特に年上のお姉様方に大変人気である。

「防御魔法があるだろう」

「君の攻撃は防御魔法を無効化しそうで怖いんだよ……」

殿下の攻撃を紙一重のところで捌《さば》いて受け流している。見事な剣技だ。去年にも増して一層磨きがかかっている。

だが殿下は攻撃の手を緩めない。魔法を交えた攻撃を立て続きに浴びせ、それらはさらに鋭さを増していく。

「ッ、ルウェイン、なんか君怒ってないか？」

「先ほど気にくわない男に会った。オズワルド、お前でその苛立《いらだ》ちを解消する」

「堂々と八つ当たりしないでくれ、ッ!?」

殿下が一際力強い蹴りを放ち、オズワルドが危ういところでかわした。殿下の足がドゴンと凶悪な音を立てて壁に入り、大穴が開く。

「――あっ！」

その音と衝撃でようやく我に返った人物がいた。

先ほど寸でのところで兄に救われ、それ以降尻餅をつき口をパカッと開けて二人のやり取りを見ていた、ジュディスである。立ち上がって剣を構え、一気に駆け出す。

しかしやっと準備ができたのは私の方だ。

おそらく殿下といえど三強と五高の兄妹《きょうだい》が連携してかかってくれば分が悪い。

でも殿下だって一人じゃない。私はずっと準備していた。兄妹を一網打尽にする、最低でもどちらかに致命傷を与える、逃げ場のない一発。

クリスティーナに分けてもらった尋常でない量の魔力を全て、体内で炎に変換した。

結果出来上がったのは、私という名の令嬢型超強力火炎放射器である。

「殿下っ！」

「！」

短く叫ぶ。その視線が刹那私に向く。オズワルドも気を取られた。

その一瞬の隙をつき、殿下がバチンと両手を合わせた。離すと同時、手の間で作り出された巨大な網が、ぶわりと広がって兄妹を襲う。

殿下自身はすぐさま横の窓を開けて外に避難した。

――というわけで遠慮はいらない。

私は素早く息を吸い込み、喉のギリギリまで迫《せ》り上がっていた炎を一気に吹き出した。

「うっわあ⁉」

「ッ⁉」

壁を溶かすほどの熱の塊が廊下を埋め尽くす。一瞬だけ聞こえたジュディスの悲鳴も、轟音《ごうおん》でかき消えた。

全て吐き出しきって、肩で息を整える。兄妹の影を探して立ち込める煙に目を凝らした。ものが焼け焦げる匂いが辺りに充満している。

がらりと窓を開けて戻ってきた殿下が私の隣に並んだ。魔法で煙を一掃してくれる。

私は息を呑んだ。

――いない。誰もいない。

代わりに彼らがいた場所にぽっかり開いた、大穴。

思わず口角を上げた。――やられた。

「土竜！」

「ああ、どこにいるかと思ったら。床を掘って階下に逃げたな」

穴を覗き込んでも見えるのは下の階の床だけだ。二人の姿はない。

オズワルドの幻獣が地面にぼこぼこと穴を開けられることは知っていたが、まさか鉄筋コンクリートの床を突き破れるとは思わなかった。

「追いかけることもない。今のうちにゴールしよう」

殿下と二人、扉に向き直る。真っ黒に焼け焦げているのはご愛嬌《あいきょう》だ。『行事』で壊れたものは先生方が直すので問題ない。

コンコンコン。息を合わせて叩けば、私たちは本校舎の大広間にいた。昨年度もゴールのあと行き着いた場所である。

ぐるりと一周見回すと、じわじわ口角が上がっていくのを感じた。そこにはまだ誰もいなかったのだ。

隣で殿下がふうと息を吐く。彼は右の手のひらを私に向けて、

「レベッカ、良い攻撃だった」

満足そうに笑ってくれた。彼の手にぱちんと自分の手を合わせる。さらに勢いのまま抱きついた。

殿下との初共闘は、文句なしの白星だ。

2

『春』が終わってから二週間。盛りだくさんの濃い一日の記憶も薄れ始め、学園の生徒たちが授業など日々の活動に本腰を入れるようになる時期だ。

――が、私の親友二人は、未《いま》だにその結果に囚《とら》われ続けている。

「ああ、あとちょっとだったのに」

「あとちょっと……！　あとちょっとだったんですぅ……！」

メリンダは本日何度目かわからないため息をつき、エミリアは悔し涙で瞳を潤ませる。両側から私の肩をぽこぽこ叩《たた》くのはやめてほしい。

私は今日の授業を全て終えて、学園内にある食料販売店で買い物をしている。学園の生徒は一人で寮に入らなければならないから、買い出しだって自分でやる。

それについてきた二人だが、さっきから『春』の結果のことばかりだ。相槌《あいづち》を打ちつつバターと小麦粉と卵を買い物かごに入れた。

そして数日前貼り出された『春』の順位を思い返した。

十位　第一学年　ブライアン・マーク
九位　第三学年　フリード・ネヘル

八位　第二学年　ガッド・メイセン
七位　第三学年　サジャッド・マハジャンジガ
六位　第三学年　キャラン・ゴウデス
四位　第二学年　ジュディス・セデン
四位　第三学年　オズワルド・セデン
三位　第二学年　エミリア
一位　第二学年　レベッカ・スルタルク
一位　第三学年　ルウェイン・ファバードン

『春』『夏』『秋』『冬』の四つの『行事』は三強、五高という『称号』の獲得に大きく影響するから、私はこれ以上ないくらい良い滑り出しということだ。

メリンダは十一位だったそうだ。十位のブライアンがゴールするのを見たらしく、惜しくもトップ十入りを逃したことを残念がっている。フィジカルではなく要領と頭の良さでこの行事をクリアするメリンダは、正直とてもすごい。

エミリアも同様に、私と殿下がゴールする背中を見たらしい。その直後窓を突き破って入ってきたそうで、「あとちょっとで殿下を背後から爆破できた」と嘆いているのだ。物騒にもほどがある。

私は二人をなだめつつ、さらに牛乳とグラニュー糖をかごに入れた。メリンダが首を捻《ひね》る。

「レベッカあなた、お菓子でも作るの？」

「ええ。二人とも今日は私の部屋に寄っていかない？」

「えっ！　行きます行きます！」

「いいけど、突然ね？」

いきなり元気が出たエミリアと不審そうなメリンダを連れて寮に帰る。

内心胸を撫《な》でおろした。相変わらずエミリアはちょろいしメリンダは勘がいい。私が不審なのも当然で、実はこれはある『イベント』のための準備なのだ。

紅茶を出しおしゃべりをして三十分ほど待てば、強めのノックが聞こえた。

シナリオ通り彼女が訪ねてきたのだ。

「スルタルク様、こんにちは」

「あら、ごきげんよう」

入ってきた少女は、兄とお揃《そろ》いの森の瞳で、ふわふわと柔らかそうに跳ねるセミロングを二つ結びにしている。

つい二週間前も会ったジュディス・セデンだ。普段は活発と元気を絵に描いたような彼女だが、今日は髪をいじりながらしきりにもじもじしていた。

「あの、スルタルク様、実は……」

「同学年ですし、レベッカでいいですよ」

「じゃあ、レベッカさん。実は――」

くりくりした瞳が上目がちに私を捉えた。先を知っている私は、ごくりと唾を飲み込む。

今日は第二部初の『イベント』発生の日。

「料理を教えてもらえないかなーって……」

その名も『地獄の料理イベント』、ここに開幕。

ジュディス・セデン——攻略本第二部によれば、

五高、第二学年、緑色の髪と瞳、幻獣は蚯蚓《みみず》、オズワルド・セデンの妹、備考：料理が殺人級

おわかりいただけただろうか？　そう、『料理が殺人級』である。

『三強かつ女子力が高いと評判の主人公を頼り、ジュディスが料理を教えてもらいにやってくる。選択肢を一つ間違えただけで誰かしら病院送りになる恐怖イベント。しかもなぜか攻略対象たちの好感度に大きく影響する』、らしい。

やはりというか、女子力は不明だが三強ではある私に任が回ってきたようだ。

申し訳ないがここはエミリアの力を借りたい。殿下は私からこのイベントの説明を聞いて渋っていたが、エミリアの女子力はお墨付きだ。

「エミリア、メリンダ。ジュディスが料理を教えてほしいんですって。ちょうど材料はあるから、手伝ってくれると嬉《うれ》しいわ」

「わぁ、楽しそうです！　ジュディスさん、一緒に頑張りましょう！」

「妙に準備万端ね」

「たまたまよ」

メリンダの言葉を笑顔で受け流して四人でキッチンに立つ。

そう、買い物はこのためだったのだ。学園で取れたというリンゴが安かったので、アップルパイが作れるように買ってみた。

そしてここで『裏技』を発動する。

「ねえ、まずはエミリアがお手本を見せてあげたらどうかしら」

「了解です！」

隠れ選択肢・「私がお手本を見せるので、まずはご覧になっていてください」を選択すれば、惨事を回避できると攻略本に書いてあったのだ。本当に母上さままである。

エミリアが包丁を手に取ったのを見てほっと息をついた。可愛《かわい》らしいピンクのエプロンがとてもよく似合っている。

「ではジュディスさん、よく見ていてくださいね」

「うん！」

エミリアはジュディスの良い返事ににっこりし――

直後、笑顔で包丁を置いた。

「まずはリンゴを粉々にします！　フンッ！」

バキバキキバギィ！

「皮は残ってるくらいがシャクシャクして美味《おい》しいです！　ちゃんと洗えば大丈夫！　残りも同じよ

うに粉砕しましょう！」

　バキャボキャッ、ボキイッ！

「次になんやかんや材料を混ぜていい感じにします！　分量とかはまあ、勘でいきましょう！　オーブンもなんかいい感じに温めておきます！」

　バサバサ、グシャア！　ブオオオオオオ
「隠し味を入れます——愛情です、ふふっ！　よく焼いて、はいっ！　完成です！」

　棒立ちの私たち三人の前に、ことりと皿が置かれた。見れば、そこにあるのは劇物ではない。どこからどう見ても出来たてほやほやのアップルパイである。

　私は心を無にしてパチパチと手を叩いた。

「ワア、スゴイナー」

「エミリア、サスガー」

「レベッカさん!?　これ食べんの!?」

「メリンダさんまで！　しっかりして！　こんなん食べたら死ぬって！」

　真っ青になったジュディスの制止を振り切り、私とメリンダは切り分けられたアップルパイを口に運んだ。

　さく、と軽い音がする。舌に残らず口の中で溶けていくパイ生地。カスタードクリームは甘すぎず程よく、リンゴの酸味が唾液腺を刺激して、ああ、何これ、すっごく——

「美味しい…………」

隣でメリンダが呻《うめ》いた。彼女はなぜかちょっと泣いていた。そういう私も涙目だった。

「本当ですか！　よかったですぅ！」

エミリアがぴょんぴょん跳んで喜んでいる。

あのおよそ調理とは思えない擬音語の応酬で、なぜこれができるのか？　主人公修正が働いたのか？　それともこれこそが真の女子力なのか？

あともしかして、去年の今頃よく作ってきてくれたお菓子も、この筋肉ッキングで作っていたのか？

もう何もわからない。私は全ての疑問を放棄して、ただアップルパイに齧《かじ》りついた。

横でおろおろしていたジュディスは、そんな私とメリンダの反応を見、意を決してアップルパイを口に運んだ。

そして数分間放心した後、「リンゴを素手で握り潰せるようになってから出直す」と言い残して去っていった。この学園にゴリラが一人増えるらしい。

悲しき宿命を負ってしまったジュディスの後ろ姿を見送りながら考えた。

——攻略本通りに最初のイベントが起こった。

つまり、第二部のシナリオは間違いなく始まっている。ここから私の一年間の戦いが始まるのだ。

五月に入ったある日のこと。午前中の授業が終わり、私はエミリア、メリンダといういつもの三人で昼食をとっていた。場所は中庭のベンチ。

「あったかいわねー」

「ですねー」

普通、貴族には私たちのように「天気がいいから外でお弁当を食べよう」なんて発想はないから、ほぼ貸し切りだ。母はこれを『ぴくにっく』と呼んだ。

「あ、そういえば」

光合成みたいな気持ちで目を瞑《つぶ》っていたら、メリンダが思い出したように言った。

「レベッカ、あなたのファンクラブができたわ」

「え⁉」

「私はもう入りました！」

衝撃にフォークを落としかける。サムズアップするエミリアは無視だ。

「どういうこと……発足したのは誰なの？」

「ヴァンダレイ・スルタルク様ですって」

「兄さま⁉」

「多分あなたのためよ。ほら、キャラン・ゴウデスの『親衛隊』みたいに使えってこと」

もう一ヶ月ほど顔を合わせていない兄の姿が脳裏をよぎる。記憶の中でもその笑顔は輝かんばかりだ。

「『春』のときレベッカに胸囲のことで突っかかったっていう子も入ってたわよ」

「何の話……？」

全力で眉を寄せる。そんな記憶は一切ないのだが、別の人の話だったりしないだろうか。頼むからしてほしい。

「ああ、ハンナ・ホートンさんですね！　私お話ししましたよ！　『レベッカ様の美しさに素直に屈することにした』とおっしゃってました！」

エミリアが笑顔で拳と手のひらをポンと合わせる。別の人の話であってほしいという淡い希望はあっという間に絶たれた。

お弁当を脇に置き、立ち上がる。

「先生に廃止を求めてくるわ」

「ええっ⁉」

この世の終わりみたいな顔をしたエミリアを置いて職員棟を目指す。

生活指導の教師が妥当だろう。てくてくてくてく歩いていって、私は『法学研究室』の扉をノックした。

「おー」

「失礼いたします」

引き戸を開けて中に入る。本と陽《ひ》だまりの匂いが私を包み、奥から声が聞こえてきた。

「スルタルクかー？　また授業の質問か？」

「いいえ、ストーンズ先生、今日は別の理由で――あら？」

中に入って研究室の奥を覗《のぞ》き込んだ私はぱちくり瞬《まばた》きした。

この部屋の主人であるストーンズ先生が本に埋もれるようにして座っているのはいつものことだが、今日はもう一人いたのだ。

「あー……どうも」

ブライアン・マークだった。『春』で少し話した、オリヴィエ・マークの弟だ。首だけで会釈されたのでこちらも一礼する。

「じゃあ俺はもう行きます」

「あっ、マーク、頑張ってな」

「はい」

ブライアンが立ち上がり、私とすれ違って出て行く。気を使わせてしまっただろうか。部屋を出て行く後ろ姿を見送った。何の話をしていたのだろう。

「今日はどうした？」

ストーンズ先生が私を呼ぶ。水銀のような理知的な瞳が私を見ていた。

背中まで届く髪がゆったりと片側でまとめられ、背が高く細身だが、決してみすぼらしくはなく、むしろ気品まで感じられる。つまりかなりの美丈夫だ。

それもそのはず、彼は第二部で追加された新たな攻略対象の一人なのだから。

『乙女ゲーム第二部』ではいくつか変更点がある。攻略対象追加はその一つだ。

これは余談だが、変更点の一つとして、例えば『逆ハーレム』モードが追加されたことがある。複数の攻略対象と同時に恋愛関係を築くことらしい。

この説明をしたとき殿下は「正気か……？」と呟《つぶや》いた。同感だ。エミリアの周りに男性が群がるなら、全員で筋トレでもしている図の方がまだ想像できる。

目の前のストーンズ先生も、そのルートでは逆ハーレムの一員だと思うと面白い。

「ストーンズ先生、ファンクラブを一つ廃止できませんか？」

「それ君のだろ？　無茶言うなぁ。作った人物が問題だよ」

「兄には私が話しますから……」

ストーンズ先生が首を振る。仕方ない。私は奥の手、『攻略本知識』を繰り出すことにした。眉を下げて独り言のように口を開く。

「そうですか……ルウェイン殿下に相談しようかしら」

「ちょ、ちょっと待て」

ストーンズ先生が顔色を変えた。

実は彼、王の実の弟で殿下の叔父らしい。

特に意味はない隠し設定だ。攻略本に言わせれば、「ストーンズ先生ルートを選んだ人が『王族なんだ、ラッキー』となるだけ」。

私が殿下に話せば、厳しいことで有名な王、つまり自身の兄から何か言われかねないと思っているそうだ。もちろん私は殿下に相談するつもりなどない。こんなことで多忙な彼の手を煩わせたくないからだ。

「よしわかった、なんとかするよ」

先生の言質を取って、私はにっこり笑ってお礼を言ってから部屋を辞した。

来た道を辿《たど》って中庭を目指す。生徒たちは用がなければ職員棟に足を踏み入れない。ここは校舎に比べて閑散としている。

だからだろうか？

私と二人になるのを狙っていたとしか思えないタイミングで、サジャッド・マハジャンジガは前から歩いてきた。

「やあ、スルタルク嬢……なんだか疲れた顔をしていないかい？」

あなたが来たせいです、という言葉を呑《の》み込んで向かい合う。相変わらず瞳の奥が笑っていない男だ。

「リラックスできる夢を見せて差し上げようか」

「いいえ、ご心配には及びません。お気遣いありがとうございます。では」

私は有無を言わさぬ笑顔で会話を切った。さっさと歩き始めれば、後ろから視線を感じるものの、彼は追いかけてこない。

——少しだけ安心した。サジャッドの能力は発動条件さえ知っていれば怖くもなんともない。

敵キャラである彼だが、大した脅威ではないかもしれない。第二部は案外楽に終わりそうだ。

私は一度も振り返ることなく中庭に帰った。

エミリアとメリンダは今も先程のベンチに座っていた。二人の姿を見れば、サジャッドのせいで心にかかった雲も吹き飛ぶ。

「おかえりレベッカ。どうにかなったの？」

「ええ、なんとかしてもらえそう」

「そんな！　メンバーになんて言えば！」

ほぞを噛《か》むエミリアは無視だ。

メリンダが立ち上がった。昼休憩がそろそろ終わりなのだ。

「それより二人とも、この前言った通り、サジャッド・マハジャンジガに夢の話はしてないわね？」

渋々立ち上がったエミリアを連れ、三人で教室に向かって歩き始める。

メリンダが「ああ」と呟いた。

「あの胡散臭《うさんくさ》い五高の人ね。ええ、この前話しかけられたけど適当に流したわ」

「私はこの前クラスの男の子と話してたら鉢合わせしたんですが、舌打ちされた気がするんですよねぇ……」

メリンダが肩をすくめ、エミリアが首を捻る。

エミリアを手に入れようとしない場合、サジャッドはエミリアに最初から強く当たるのか。彼の平民嫌いは相当のものらしい。

「胡散臭いけど見た目は良いわよね」

「えー、そうですかぁ？」

外階段を上って校舎の三階から中に入った。中庭で昼食を取る人は少ないから、教室までの道のりも必然的に人が少ない。

「何でもいいけど、これからも彼には注意してね」

念を押せば、二人はそれぞれ「はーい」と返してくる。理由は説明できないのに、二人は私がそう言うならと従ってくれているのだ。

次の教室は全員一緒のストーンズ先生の授業だった。教室は二階だ。階段を降りなければならない。

ひと気のない階段で、私は階段を降りようと一歩踏み出した。

――その瞬間、誰かが私の背中を強く押した。

体がふわっと嫌な浮き方をした。踏み出した足が地につかない。声を上げる暇もない。体が真下にガクンと落ちて、視界が回転する。何かカッとまばゆく光ったような気がした。

私は背中を押された勢いのまま、階段を転げ落ちた。

頭が真っ白になる。二人が何か叫んだのが遠くに聞こえた。状況を理解できないまま、ギュッと瞑っていた目をゆっくり開いた。

目に入ったのは白い鱗《うろこ》だった。

「ああ……クリスティーナ」

「キュイ！」

ポケットにいたはずの私の幻獣。そういえば何か光を見た。私が落ちた瞬間形を変えたんだろう。

大きい龍の体はとぐろを巻くように私の体に巻きついて、私を守ってくれていた。

「ありがとう……」

その頭を両腕で抱え込んで顔をくっつける。クリスティーナがいなかったら、多分ただじゃ済まなかった。

「レベッカ様ぁ！」

階段を駆け降りてきたエミリアが私に縋《すが》りつく。半分涙目の彼女が治癒魔法を発動して、私の右手を包み込んだのを見て初めて、擦り傷ができていることに気がついた。

メリンダは私が他に怪我《けが》をしていないことを確認すると、立ち上がり、階段の上を見上げた。

「何が起きたの……？　誰も、いなかったわよね？」

その声が震えている。メリンダ、と声をかけようとしたら、バタバタと足音が聞こえた。

「おい、今落ちたよな⁉」

振り向くと、駆け寄ってきたのはブライアン・マークだった。

彼は息を切らして走ってくるなり私のそばでしゃがみ込んだ。手を伸ばしてくる。

「怪我は？　どこか痛むか？」

反射的にその手から距離をとった。驚いた顔と目が合う。

私の頭を一つの疑惑が支配していた。

――ブライアンはなぜ今ここにいるんだ。

他には誰もいない階段に、このタイミングで。まるで図ったようではないか。それに昨日まで最後に会ったのは『春』だったのに、今日はもう二回目だ。

なら彼がさっき会っていたストーンズ先生は？　二人は一体、研究室で何を話していた？

「レベッカ様……？」

エミリアの声で我に返る。彼女は今も私の手を握っているが、もう傷は跡形もない。

次いでブライアンの、純粋な驚きしかないその表情を見て、思考が正常に戻り始めた。

——落ち着け。これじゃただの疑心暗鬼だ。

階段から落とされたという事実は思った以上に私から冷静さを奪ったようだ。根っからの貴族令嬢である私が、微笑《ほほえ》むのを忘れるくらいには。

固唾《かたず》を呑んで事態を見守っていたメリンダに手を伸ばす。その手を借りて立ち上がった。制服の裾を軽くはたく。

「ごめんなさい、私——」

私はやっと、にこりと微笑むことができた。

「足を、滑らせてしまって」

選んだのは沈黙だ。

完全にただの勘だが、どうにもこの一件にサジャッド・マハジャンジガが関わっているように思えてならない。ならばこれは学園が調査する管轄ではない。

そもそも、階段から落ちて死ぬのは運が悪い方だ。殺さず、しかし確実に恐怖と痛みを植え付ける『階段から突き落とす』という手法は、私の中のサジャッドの像と一致する。

気を使ってくれるブライアンと別れ、私はその後のストーンズ先生の授業に何食わぬ顔で出席した。

それ以上特におかしいことはなかった。

私はその日寮に帰ると、殿下に向けて一連の出来事を記した手紙を書いた。伝書鳩《でんしょばと》の魔法が手紙を咥《くわ》えて夜の空を飛んでいくのを、窓枠に手をついて眺める。

シナリオに誰かが階段から突き落とされる描写などない。

今この学園で、何かおかしなことが起こっている。

3

窓から空を見上げた。バケツをひっくり返したような雨だ。昼間なのに明かりが必要なほど暗く、湿気た臭いとひんやりした空気が辺りを覆っている。

今日は講堂に全校生徒二千二百十五人が集められる日だ。

一ヶ月後には夏季休暇に入り、二ヶ月の休みが終わればすぐ『行事』・『夏』が来るので、学園長のありがたいお話を聞くのである。

『夏』はまたの名を『幻獣祭』。一年生はやっと幻獣の卵をもらえ、第二・第三学年は一年間で自身の幻獣をいかに育てたかを審査される。

学園長が流れるように説明するが、講堂の天井に雨が叩《たた》きつけられる音で聞きとりづらい。

いまいち集中できず前方に視線を彷徨《さまよ》わせた。

すると壇上へ登るための短い階段が目に止まった。一ヶ月前階段から突き落とされたときのことを思い出し、ぶるりと震える。

結論から言えば、犯人は見つかっていない。

あの日、私が送った手紙を見て、殿下はすぐに飛んできてくれた。そして私を強く抱き寄せた。

『大丈夫か？　怖かっただろう、いなくて悪かった。もう他国に出張なんて二度と行かない』

『殿下、「二度と」はやめてください……』

公務で滞在していた隣の国で手紙を受け取り、着の身着のまま転送魔法で飛んできてくれたらしい。正式な礼服姿だった。犯人はおそらく殿下が留守にしていることは織り込み済みだ。

殿下が『実は』と話を切り出した。

『俺がいない間、フリードにレベッカの護衛を任せていた。レベッカが階段から落ちたときも見ていたらしい』

思わぬ言葉に顔を上げた。

フリード・ネヘルは殿下の腹心で、寡黙に足が生えて歩いているような男だ。

特徴は百九十センチメートルの体を覆う真っ黒のローブ。黒魔道士かと突っ込みたくなる彼だが、メリンダの恋人でもある。婚約はまだだ。

私は次いで首を傾《かし》げた。五高の一角でもある彼が見ていたなら助けに入ってくれてもおかしくないし、少なくとも私の安否を確認するはずでは。

『間に合わず助けられなくて悪かった、無事でよかったと、伝言を預かっている』

『そうですか、彼がそんな長文を……。それで、犯人は？』

納得して話を進める。犯人を見たかどうか、それが問題だ。

殿下は首を横に振った。

『誰もいなかった。誰もレベッカのことを押したりはしていない。本当に、突然落ちたとしか言いようがない、だそうだ』

『そんな……』

『ごく僅かだが透明化の能力を持つ幻獣はいる。まずは学園の生徒たちから調べよう』

殿下はそう言って、その一週間後、彼ら全員の潔白を示す書類を持って再び私を訪ねた。

『サジャッド・マハジャンジガだ。これだけ調べて証拠が出ないなら、あの男で確定だ』

深く息を吸って、吐く。

サジャッドは他人を洗脳できる。たとえば「私が殺されるべき悪人だ」という考えを植えつけられた人がいたなら。その人物が透明化の幻獣を従えているなら。

しかしたとえ実行犯を見つけてもトカゲの尻尾切りだ。サジャッドという元は絶てない。証拠が何一つないこの状況では彼に手出しできず、彼の能力がただ夢を見せるだけのものでないと証明することもまた不可能だ。

『サジャッドは大した脅威ではない』などと考えていた自分の頬を叩きたい。他人を使って攻撃されるのがこうも厄介だなんて。

そもそもなぜ私に危害を加えるんだ？

拳を強く握りしめていたら、殿下が私のその手を取った。

『しばらくは必ず幻獣か俺のどちらかと一緒に行動してくれ。エミリアも必要だ。治癒魔法が役に立つ』

この一ヶ月、殿下のこの指示に従った。階段事件以降攻撃はない。

たまに目が合うサジャッドは、エミリアを一瞥《いちべつ》すると踵《きびす》を返す。サジャッドの平民嫌いがこんな形で私の防波堤になるとは思わなかった。

ふと気づけば、ちょうど学園長の話が終わるところだった。生徒がバラバラと席を立つ。私が考え込んでいる間に雨足は弱くなったようだ。

外に出ると、依然として雨は降っているものの、雲の隙間から太陽の日差しが漏れていた。

サジャッド・マハジャンジガが何をしようとしているのかはわからない。

だが、決して思い通りにはさせない。

私は明るくなった空を見上げながらそう心に決めた。


じとじとと湿気の多い日が続いたある日。放課後自分の鍵付きロッカーを覗《のぞ》いた私は、扉の隙間から一枚の紙が差し込まれているのを見つけた。

確認してみると、それはある男子生徒からの呼び出し――といっても、胸をどきどきさせるような類《たぐい》ではない。差出人はよく知っている人物だった。

もう寮に帰ろうとしていたが校舎に戻る。指定された教室を探して中に入ると、既に待ってくれていた彼がこちらを振り返った。

「レベッカさん。わざわざ来てもらって申し訳ない」

「いいえ、メイセン様、どうかなさいましたか？」

そこにいたのは眼鏡の似合う涼やかな雰囲気の男子生徒だ。窓の外のオレンジ色の夕焼けが相まって、まるで一枚の絵のような光景だった。

彼はガッド・メイセン。

エミリアに絶賛片想い中で同じ第二学年。五高の称号を持つ男である。先日の『春』で八位だった彼は、初めて会ったときからかなり身長が伸びたように思う。

「単刀直入に伺います」

ガッドは真面目な顔つきで話を切り出した。

「サジャッド・マハジャンジガ先輩に何かされていますか？」

最近よく考えている相手の名前が登場して、思わず「え」と声に出しそうになる。

私はわざと首を傾げた。

「……いいえ、特には。どうしてそんなことを？」

「いや……ただ、俺は個人的に彼を信用していなくて。前に職員棟で、あなたが彼に話しかけられているのを見かけたので」

ガッドは苦笑いして言う。呼び出された理由はエミリア関係かと思っていたので正直意外だった。

そして、今度こそ「あ」と口に出した。攻略本の一ページが思い当たったのだ。

これ、イベントじゃなかろうか。

何を隠そう、ガッド・メイセンこの男、第二部から攻略対象に昇格したのだ！

去年は『サポートキャラ』だった彼。「イケメンで五高にもなる彼となぜ恋ができないのか」というプレイヤーの声が寄せられたとか、裏事情まで書いてあった攻略本の内容を思い出した。

『ガッド・メイセンに空き教室へ呼び出されてサジャッドに注意しろと言われる。『夏』以降サジャッドに洗脳される主人公に対する布石のような一幕』

内容的にこのイベントで間違いない。でも変だ。

だって、このイベントは『ご褒美イベント』だったはずだ。攻略対象からの好感度がその時点で極めて高い場合にのみ発生する。第一部の秋頃にあった『風邪看病イベント』も、このご褒美イベントの一種だ。

確かこの後は『事故チュー』が起こる。

ここで問題がある。私はガッドを前に腕組みをした。

――『チュー』ってなんだ？

『事故』はわかるが、『チュー』とは。私が無知なのか、『日本語』かのどちらかだ。

後で調べてから読もうと思って結局そのままにしてしまっていた。だって本当なら起こるはずのないイベントである。

そういうわけでこれから起きることの詳細は不明だ。

しかし当たり前だがガッド・メイセンとのイベントをこなす気はないので、とりあえずここを出よう。

そこまで考えて口を開いた。腕組みをやめてお辞儀する。

「メイセン様、声をかけてくださってありがとうございます。マハジャンジガ様のことなら特に問題はありませんので、失礼いたします」

厚意で声をかけてくれたらしい彼にきちんと断ってから、出口に向かおうとした。

私が一歩踏み出したそのときである。

「わ、きゃ⁉」

盛大に足が滑った。ツルッッ！　と、それはもう豪快に滑った。油でも撒《ま》かれてるみたいな滑り心地だ。

「え、レベッカさん⁉」

たまらずガッドの制服を掴《つか》む。急なことで彼もバランスを崩したらしい。

だがそこはさすが攻略対象と言うべきか、彼は私を庇《かば》って下敷きになった。そのまま一緒に倒れ込む。

倒れた拍子に私の唇が彼の唇に重なる――――なんてことにはならなかった。

なぜなら、あわやキス直前、私は床に手をつきぐりんと首をひねり、間一髪でそれを回避したからだ。

空気が凍る。心臓がバクバクと音を立て、冷や汗が吹き出た。押し倒し、押し倒されている異常事態なのに、二人とも何も言えなかった。

あ、危ない。私今、危うくガッドとキスをしそうになった。

「すみません本当にすみません……」

「い、いや、大丈夫です」

私は近くの壁に手をつきながら慎重に体を起こした。

ガッドは顔が真っ青だ。気持ちはわかる。私なんかとキスをした日には、自分で言うのもなんだが、殿下がどうなるかわかったものじゃない。この国に住めなくなる可能性すらある気がする。

私はさっき滑ったところを踏まないよう細心の注意を払って立ち上がった。ガッドもそうしていた。

しかしその直後、歩いてもいないのに突如勢いよくつんのめったのは、今度はガッドの方だった。

「うわ!?」

ガッドの手が支えを求めて宙を切る。倒れ込むように私の背後の壁にダンと両手をつく。

それでも勢いを殺しきれず、彼の顔が私に近づいた。

「!?」

私は今度こそたまらずギュッと目を瞑《つぶ》り――――ひょい、としゃがんだ。

真上で派手な音がした。文字にするなら「ゴチン！」だ。ガッドが壁に額か鼻もしくはその両方をぶつけてしまったのだろう。

「メイセン様！　大丈――」

「待って、レベッカさん！　ちょっと一旦お互い動くのをやめよう！」

「は、はいっ！」

立ち上がろうとした私をガッドが制止する。見上げれば、彼は涙目で額を押さえていた。あれはたんこぶになる。

それにしても、と何の変哲もないように見える床を見つめた。

「この教室の床、どうしたんでしょう……。ワックスの量を間違えたんでしょうか？」

「ああ、そうかもしれませんね……。後で俺の方から先生に伝えておきます」

「それがいいですね」

ガッドはとりあえず痛みが治まったようだ。真剣な声色が降ってくる。

「レベッカさん、ここの床は危険です。なんとか力を合わせて、床を踏まずに脱出しましょう」

「ええ、でもどうやって……」

「今日、幻獣は？」

「今も私のポケットにいますが、この狭い教室では身動きが取れずあまりお役に立てないかと」

「そうですか。僕は今日幻獣を連れてきていないし、今は条件が合わない……」

ガッドが教室全体を見回す。出口までの距離を測っているようだ。

「よし。風魔法でここから出口まで一気に跳びましょう」

「風魔法で？」

「はい。でも俺のだけで人一人を持ち上げるのは無理だ。二人の風魔法を合わせるんです」

「なるほど……！」

私はガッドの足元に座り込んだまま神妙に頷《うなず》いた。

「うまくいくかわかりませんから、まずは俺が行きます」

「そんな、危険では」

「これでも貴族の端くれ。次期王妃に怪我《けが》をさせるわけにはいきません。……俺にもしものことがあれば、俺の部屋の金魚に餌をやっていただけますか」

息を呑《の》んだ。こんなつるっつるの床の部屋で「もしものこと」なんてあったらどうなることか――

どうなるんだろう？　わからないが多分危険だ。

だがガッドの声は真剣そのものだった。強い意志をたたえるその瞳を見て、私は狼狽《うろた》えてはならないと思った。

「……わかりました。必ず成功させましょう」

ガッドが大きく頷く。

目的地を見つめ、魔力を静かに高めれば、自然とガッドと呼吸が合うのがわかった。

「三、二」

「一……っ！」

踏み切って大きく跳ぶガッド。すかさず進行方向へ後押しする横の風を起こす。ガッドは下からの縦の風を起こして着地を遅らせる。二つの力はぶつかり合うことなく滑らかに調和して、ガッドの体を出口へ運んだ。

廊下に着地したガッドが笑顔で振り返った。

「レベッカさん、やりましたね！」

「ええ！」

続けて私も同じようにジャンプし、先ほどよりさらに滑らかに、軽々と廊下に着地した。

ガッドと向かい合って固い握手を交わす。危機を共に乗り越えた私たちの心に、確かな友情が芽生えた瞬間だった。

互いの健闘を讃えてから別れた。しかしこの出来事をエミリアに話したのは失敗だった。エミリアは一連の流れに全く感動してくれなかったし、何ならちょっと引いていた。

ガッドの恋路はまた一歩遠のいた。去年に引き続き恋が実らない辺りがどこか不憫な男というか、なんというか、ごめん。

ともかく上機嫌で帰った私は、部屋で攻略本を確認し、一気に青くなった。ちゃんと最後まで目を通すべきだった。このことは死んでも殿下に秘密にする所存だ。

次の日の朝、窓の外に手紙が届いていた。なんだろうと思って開いたら、殿下から「近いうちに会って少し話がしたい」という旨だった。

まさかガッドとの出来事がバレているわけではないと信じている。

頼むから、本当に、信じている。


王立貴族学園には年に二回『試験』がある。春夏秋冬の『行事』ほどではないが称号の審査に影響する。今年は六月終わりに行われるので、あと二週間くらいだ。

というわけで今日は殿下と二人でお勉強会である。

数日前に殿下から受け取った手紙。まさかガッドとの『事故チュー』未遂が知られているのかと肝を冷やしたが、蓋を開けてみれば一緒に勉強をしようという誘いだった。

場所は校舎の『特別談話室』だ。ちょうど一年くらい前にも一度だけ殿下と使ったことがあって、懐かしさがある。

実は殿下と一緒に勉強するのは今日が初めてだ。学年が違うから授業が一緒になることもない。だから楽しみにして来た、のだが。

「………殿下」

「なんだ？」

「お勉強なさらないんですか……？」

殿下は教科書を広げるどころかペンも手にしていない。代わりに、勉強している私を眺めたり、私の髪を指で弄んだり、私のノートを興味深そうに読んだりしている。

おかげでさっきから教科書の内容が一つも頭に入ってこない。

「殿下、今日は二人でお勉強をしようというお話でしたよね？」

「いいや、今日勉強しに来たのはレベッカだけだ。俺はレベッカに嫌がらせをするために来ている」

「ええ!?」

ぱっと顔を向けると、彼はにこりと笑う。

私といるとき以外無表情の彼にしては珍しい表情だが、「かっこいい」より「あれ、まさか」が勝った。

「どこかの男とキスをしそうになった婚約者への嫌がらせだ」

――――バレてるぅ！

心の中で叫んだ。さすが殿下だ。エミリアには言ってしまったが、メリンダにも言っていないのに。

考えてみたら、殿下はいつも公務の合間に勉強を済ませている。わざわざ時間を取ってはしない。

今日の殿下の趣旨は、勉強する私にちょっかいをかけることだったのだ。

「……殿下、この問題を教えてくださいませんか」

「……これは——」

でも聞けばしっかり教えてくれる。綺麗《きれい》な横顔を見ながら「やっぱり優しいな」という感想が浮かんだ。あとまつ毛が長い。

殿下の説明を一通り聞き終わると、お礼を言ってから教科書を閉じた。

不思議そうな顔をする彼に、鞄《かばん》の中から一冊の本を取り出してみせる。表紙に『マル秘マーク』のついた、例のアレ。

攻略本である。

「殿下、今日は一緒にこれを読む日にしませんか」

「俺が読んでもいいのか？」

「もちろんです」

話はしたが見せたことはなかった。

去年の舞踏会のあと全て話した私を、「一人でよく頑張った」と抱きしめてくれた彼なのだ。今更見られて困るものはない。『事故チュー』のこともバレていることだし。

そこでふと思いつく。

——第一部を殿下と二人で見返したら、すっごく面白いんじゃなかろうか？

俄然《がぜん》わくわくしてきて、私はページをめくった。第一部の『ヴァンダレイルート』を開く。攻略本

を抱え込んで殿下から隠す。

「殿下、クイズです！　兄さまからの好感度が一番高くなるように答えてくださいね」

それを聞いた殿下はぷはっと吹き出した。肩を震わせ下を向いて、おかしそうに笑っている。

もっと見たくて顔を覗き込んだ。こっちまでにんまりしてしまう。

「交代に出題しましょう！」

「わかったわかった、やろう」

私は楽しくなってしまって、笑いの混じる声で出題を始めた。

「第一問。入学して二日、移動教室で迷ってしまった『殿下』。第三学年の――」

「レベッカ待て」

「校舎近くに来たところ、攻略対象ヴァンダレイ・スルタルクに――」

「レベッカ、待ってくれ」

顔を上げると、殿下は笑いすぎて目尻に涙を浮かべていた。

「頼むから『あなた』か何かに置き換えてくれ。『殿下』はやめてくれ」

はい、と返事をしながら、その珍しい姿を目に焼きつけた。普段は人前で微笑《ほほえ》んだだけで周囲がざわつくような人なのだ。

この笑顔を引き出しているのが自分である事実に不思議な気持ちになった。

「では――入学して二日、移動教室で迷ってしまった『あなた』。第三学年の校舎近くに来たところ、攻略対象ヴァンダレイ・スルタルクに声をかけられました。どう返事をする？」

一度言葉を切った。解答は三択にしようか。

「一、『もしお時間があったら道案内をお願いできませんか？』　二、『とってもかっこいい馬ですね！　乗ってもいいですか！』　三、『もしかして第一学年に妹さんがいらっしゃいますか？』」

「三だな」

殿下は間髪を入れずに答えた。私は口を尖《とが》らせた。

「三は絶対だめですよ」

シナリオの私は悪役令嬢だ。兄妹《きょうだい》仲は最悪。初対面でその話はアウトだろう。

「でも三だ」

殿下はこればかりはしょうがないと言わんばかりに頷く。クイズでも自分は曲げないらしい。さすが第一王子である。まあ不正解だけど。

「一番いい答えは二みたいですね……」

「それはそれでどうなんだ。迷っているんじゃなかったのか」

「ええ、本当に……エミリアったら……」

親友を頭に思い浮かべた。兄さまの愛馬を前に、「良い馬ですねぇ」と唸《うな》っているところまでは容易に想像できた。

「次は俺が出そう」

殿下が私から攻略本を受け取り、ぱらぱらとめくる。一緒に覗き込んだ。

「誰のルートにするんですか？」

「俺だな。一番興味がある」

「勇敢ですね！」

殿下は問題にするところを探すべく文字に目を走らせた。

そしてぽつりと呟《つぶや》いた。唇から自然にこぼれ落ちたみたいな言葉だった。

「良い母上だな」

一瞬息を忘れた。胸から何かが溢《あふ》れてくるような心地がして、目の奥が熱くなった。

それくらい嬉《うれ》しかった。

「……そうでしょう？　私にはもったいないくらい愛をくれました」

「そんなことはない」

殿下が顔を上げる。攻略本を自分の膝に置き、代わりに私の手を取る。

「この本にはレベッカへの気持ちが詰まっている。良い娘を持って、さぞ幸せだったんだろう」

殿下の手を握り返した。温かい。ずび、と鼻をすする。

私は今クイズをしていたはずだ。なんで泣かされてるんだろう。さすが第一王子である。

「……殿下、クイズ」

「……第一問。『ルウェイン』からの好感度が一番高くなるように答えてくれ。夏季休暇に入ったら、一緒にスルタルク公爵家領に帰って、義母上《はは》のお墓参りをしないか。どう答える？」

「……三択は？」

「ないな。レベッカの好きなように答えてくれ」

本当に私に甘い人だ。

私は涙を拭って微笑み、答えた。

「母さまも、喜びますね」

殿下の手が私の髪を耳にかける。私は少しだけ首を傾げて上を向き、目を閉じた。

正解のご褒美かもしれない。

涙が乾いた頃、私はあることに気がついた。私を後ろからぎゅうぎゅう抱きしめ始めた殿下をそのままに、攻略本の『事故チュー』イベントのページを開く。

改めて読んでも、やはりこれは『ご褒美イベント』で、その時点で好感度が極めて高くないと発生しないと書いてある。

おかしいのは前提だったのだ。

私の肩に顎を乗せている殿下に考えを話す。

「よく考えたら、これはゲームで第二部が始まるにあたって人間関係をリセットした場合の話です。現実はそうじゃない」

私とガッドは一年間学園生活を共にした級友だ。対して『ガッドルート』は、「この時点で極めて高い好感度」と言っても、四月から六月までの短い間ではたかが知れている。

ご褒美イベントが発生したのはこういうわけだろう。

疑問が解消して安心した。だが殿下はそうじゃなかった。

「……つまり、これから他の攻略対象との『ご褒美イベント』とやらも同じように起きると？」

私は努めて殿下の方を見ないようにした。現在進行形で殿下の機嫌が大気圏から地下みたいな急降下をしている。

すぐ横から湧き出るどす黒いオーラに気づかないふりをしつつ、攻略本をぱらぱらめくった。

「夏に兄さまのがありますが、これはまあ大丈夫です。殿下のも冬頃ありますが、あの、これもいいとして……」

うちの兄は既に学園を卒業しているが、実は第二部の隠れ攻略対象。根強い人気である。

「待て、俺とのイベントは何なんだ」

流したかったのに殿下が反応してしまった。

全力で顔を背けながら呟く。

「ど、『ドキドキ密室イベント』だそうです……」

「そうか……楽しみだな」

私は急に窓から飛び降りたい衝動に駆られた。何が悲しくて恋人にそんなイベントの存在を伝えなければならないのか。あと耳元で囁《ささや》くのはやめてほしい。

「あとはオズワルド・セデン様ですよね、えっと……。あっこれかあ」

「何だ？」

読むのを後回しにしていたイベントがそういえばもう一つあった。これも『事故チュー』と同じように、名前の意味がわからなかったのだ。

「えっと、『ラッキースケベイベント』――」

二人でそのページに目を通したとき、私はこの数分の自分の行動全てを後悔した。そしてこのイベントが私に起きないよう切に願った。

後日オズワルド・セデンから「最近ルウェインから突き刺さるような冷たい視線を感じるんだ」というお悩み相談の手紙が届いた。

「あなたのせいではありません。くれぐれもご自分を責めないよう」という趣旨を丁寧にしたためて返信した。

そう、悪いのは彼ではない。最近どうしたと言いたくなる『乙女ゲーム』である。

＊＊＊

王立貴族学園の試験は一週間行われる。前半はやる気がみなぎっていても、疲れが溜《た》まり中だるみ、だんだんどうでもよくなってきて、最後は疲労困憊《こんぱい》だ。

全てが終わった後、中庭の四人がけのテーブルに突っ伏したエミリアが頭から湯気を出していた。手でぱたぱた扇《あお》いでやる。

「エミリア、お疲れ様」

「うぅ、レベッカ、レベッカ様……ご褒美を……」

「あ、レベッカ、私もご褒美欲しいわ」

「レベッカ、俺も頼む」

声をかけたのはエミリアだけのはずなのに諸々《もろもろ》ついてきた。

エミリアがぺちゃりと机に突っ伏したまま、最後の声の主をじとりと睨《にら》みつける。彼女のはす向かい、私の隣に座る殿下である。

「残念ですが、これはレベッカ様にお勉強を教えていただいた私と、親友であるメリンダさんだけの特権です。部外者はお帰りください」

殿下はその様子を一瞥して口を開いた。

「勉強を教わったなら褒美が出るべきなのはお前じゃなくレベッカだ」

「あらエミリア、どうするの。正論よ」

「正論もお帰りください……」

メリンダが煽《あお》るが、エミリアは覇気がない。相当疲れてしまったらしい。

私は本気で心配になってきてエミリアに尋ねた。

「エミリア、ご褒美は何がいいの？」

その途端エミリアは「待ってました」とばかりにガタンと音を立てて立ち上がった。隣で同じ長椅子に座っていたメリンダが悲鳴を上げる。

「『肝』を『試』させてください！」

訳がわからないが、本気で心配して損したことだけはわかった。

その四日後、夏季休暇に入って三日。

ほとんどの生徒が既に荷物をまとめて帰省したが、まだ寮に残っていた面々の一部が、エミリアによって女子寮の食堂に集められた。

それも真夜中、午前二時に。

私の隣で殿下が「くあ」と小さくあくびをする。かなりレアだが私にそれを楽しむ余裕は与えられない。エミリアが今日この集まりに本気すぎるせいだ。

「皆さん、『肝試し』にお集まりいただきありがとうございます」

エミリアがなぜか明かりを許さないので、テーブルの真ん中に置かれたいくつかのろうそくが彼女の顔を下から照らしていた。

その顔や暗い室内や、外の激しい雨と風でガタガタ揺れる窓よりも、エミリアの本気度が純粋に一番怖い気がする。

視界が悪くあまり見えないが周りを見回した。

私の右隣は殿下、その隣はメリンダ。その隣は黒すぎて見えないがおそらくフリード。その隣、私の向かい辺りは、今度は暗すぎて見えない。

だが声からして、寮に残っていたら巻き込まれたガッド・メイセン、ブライアン・マーク、キャラン・ゴウデスの三人だ。不運の一言に尽きる。そして私の左隣のエミリアになる。

一体今から何が始まるというのか。そもそも、『肝』を『試す』とは。

「今から皆さんには一つずつ恐ろしい話をしていただきます。その度にろうそくを一本ずつ消していきます。ろうそくは人数分プラス一本用意してありますから、ろうそくが最後の一本になったところでお開きです」

要約すれば、怖い話大会をしようということらしい。

攻略本にはなかったのでイベントではないだろう。エミリアの思いつきである。

「では始めましょう。順番はなんでも良いんですが、まあまずは私から。皆さんは『河童《かっぱ》』をご存知でしょうか。亀のような甲羅を背負い、頭には皿を被《かぶ》った人型の生き物です。この『河童』には色々な伝説がありまして――」

思わずごくりと唾を飲み込んだ。どうしよう。雰囲気が相まってなんかちょっと怖そうだ。

しかしエミリアが爛々《らんらん》とした目で話を続けたとき、その気持ちは霧散した。

「『河童』は『壇ノ浦《だんのうら》の戦い』で破れた『平家』の『武士』たちの成れの果てなんて説もあるそうですが、『河童』たちに『相撲』を挑まれて破れたとき、どうなるかわかりますか？」

エミリアはそこで妙にためた。

「抜かれるんです、『尻子玉』を」

――そしてまた、よくわからないことを言った。

「ねえ、エミリア」

話を遮ったのは声からしてメリンダだ。ろうそくの火がほんの少しずつ小さくなっていっているせいで、みんなの顔が見えにくくなっていく。

「ごめんなさいあの、専門用語？　が、多すぎるわ。全然話が入ってこない」

「えっ」

エミリアがそんな馬鹿な！　とばかりに声を上げた。彼女は誰一人怖がっていない雰囲気にようやく気づいたらしい。

「うう、失敗した」と呟いてろうそくを一本吹き消した。

次に誰が行くのか。そう思う間もなく、右隣から声がした。

「小さい頃、勝手に王宮の地下深くまで行ってみたことがある」

私はがばっと顔を向けた。そう、殿下である。意外とノリノリだったりするんだろうか。

「地図にない部屋を見つけて入ったら、人の死体が山のように積み上がっていた。もう一度行こうとしたときにはもう見つからなかった。後から聞いたら、王宮の地下には、侵入しようとして迷った賊が最後に行き着く部屋があるとか」

しん、と何も聞こえなくなった。誰も何も言わない。唯一、外の風の音が妙に大きく聞こえた。

「待って!? こわいこわいこわい！」

「どうしよう！　夏の夜会行きたくない！」

みんなが一斉に騒ぎ出す。殿下が小さく笑いながらろうそくを一本吹き消した。

続けて、「じゃあ次は俺が」と誰かの声がする。

「騎士団にはこんな話があるらしい。名誉ある死を迎えられなかった騎士が、夜になると戦う相手を求めて彷徨い歩く。流れる血をそのままにしていくから、朝になると赤黒い線がずっと続いていることがある。決してそれを辿《たど》っちゃいけないんだ。繋がってるから」

ろうそくが一つ、消える。

「遠縁から聞いた話です。彼は時折夜中に目が覚めてしまうそうですが、そういうときは決まって近くに人が立っているのだと。真っ白な足だけが見えるけど、少しずつ屈《かが》んで顔を見せようとしてくるのだと。いつかそれが見えたら『終わり』だと言っていました。――先日、亡くなりましたが」

また一つ、消える。

「前こんな話を聞いた。この学園のどこかに、ずっと前生徒の誰かに作られた人工の生物がまだ住んでいるらしい。夜になるとその生徒を探してねぐらから出てくる。探して、殺すつもりなんだとか」

「あ、その話。私が聞いたのでは、その生物は人といくつかの生き物をかけ合わせてできたもので、水の中でも生きられる。だから夜になると、体から滴り落ちた水と、涙で校舎を濡《ぬ》らすって」

もう二つ、消えた。最後に。

「そういえば、こういう形式の怪談について聞いたことがあります。何かが入り込むのにぴったりだから、気をつけないと、って」

残る二つの片方が消えた。

「あれ……？」

呟いた声は誰のものなのか。

「レベッカ様、まだ話されてませんよね」

全員がろうそくを見つめる。

「あれ、なんで――」

――残りが一本しかないんだ？

その瞬間。派手な音をさせて、突如食堂の扉が開いた。

「き、きゃあああああ！」

「待って、今まで誰が話した!?」

「ちょ、いた、俺のこと叩いてんの誰!?」

大声が飛び交う。飛び交うだけ飛び交って、いきなり明かりがついた。

久しぶりの光に目を細めつつ周りを見回す。

フリードのローブの中で悲鳴を上げ続けるメリンダ、それを抱きしめるフリード、剣を構えるガッド、いち早く逃げ出すブライアン、平静を装いながらも震えが隠せていないキャラン、恐怖のあまり失神したらしいエミリア。

なかなかのカオスがそこにはあった。

最後に、大変楽しそうな隣の彼を見た。

「……殿下」

「何だ？」

「誰も見ていない隙に、ろうそくを一つ消しましたね……？」

「レベッカが怖がって抱きついてくるかと思ったんだ」

殿下は悪びれる様子もない。

「扉も魔法で開けたんですね。みんなこんなに怖がっちゃったじゃないですか」

「いや」

「可哀想《かわいそう》です――――って、え？」

再び殿下を見ると、彼はさっき突然開いた扉を見つめていた。

「あれは俺じゃない」

「……え？」

「『何かが入り込む』か……案外本当なのかもな。じゃ、おやすみレベッカ」

「で、でで殿下⁉　冗談ですよね⁉」

殿下は「さあ」としか答えずに席を立とうとする。

その腕にしがみついて寮の部屋まで送ってもらってから、「あれ、なんか殿下の思った通りになってないか」と気づいた。

その夜はもちろん、私、エミリア、メリンダ、そしてキャランの四人でギュッと固まって寝たのだが、寝入る直前ふと思った。

予定盛りだくさんの夏季休暇が始まる。乗り越えないといけないイベントももちろんあるが――すごく楽しみだ。

4

だんだん蒸し蒸しとしてきた七月の半ば。私は王宮で開催される夜会に出席するため、馬車の中にいた。

始まりは夏季休暇に入る二週間ほど前だ。珍しくまだ明るい時間に私の部屋を訪ねてきた殿下の、こんな一言によるものだった。

『レベッカ、イベント発生だ』

殿下と二人で攻略本を広げる。彼の指がとんとんとあるページを指した。

『『夏季休暇・夜会イベント』……』

殿下の説明は攻略本とほぼ一致していた。ファバードン王国王宮でこの夏、小規模な夜会が開催される。私は殿下のパートナーとしてそれに呼ばれているのだ。

つまり、殿下の婚約者としては初めて公式の場に出るということだ。

自然と身構えてしまうが、殿下はそんな私の顔を覗《のぞ》き込んだ。私の髪を手で梳《と》くようにして耳にかけてくれる。

『あまり大袈裟《おおげさ》に考えなくていい。レベッカはいつもの通りでいればそれで問題ない。それより、一緒にドレスを作りに行こう』

優しい言葉に胸がジーンとした。殿下はそんな私に、「とびきり似合って、それでいて露出の少ないもの」と念押しした。

そのすぐ後の休日に殿下とドレスを仕立てに行ったが、あんなにドレス選びに精を出したのは正直初めてだった。失敗は許されないのだから気疲れもするというもの。

そもそも夜会とは。

男女がくるくると踊り狂い、小洒落《こじゃれ》た会話を楽しみ、高級料理と年代物のワインに舌鼓を打つ——。そんな優雅な催しと思ったら大間違いだ。

あそこにいるのはたぬきかきつね、それでなければ被捕食側の子ウサギのみである。楽しもうなんて生半可な気持ちで行ってはいけない。

私は夜会の日の午前中から王宮に滞在させてもらうことになっている。普通は家で準備をして夜にやってくるものだが、そこは殿下の婚約者なので、部屋をもらえるという特別待遇である。

午後から準備を始め、夜いざ出陣という流れだ。

揺れる馬車の窓から、全貌が見えないほど大きく絢爛《けんらん》な王宮を見上げた。

「王宮なんて、屋根なら乗ったことさえあるし、大丈夫、大丈夫」

馬車の中で自分にそう言い聞かせ背筋をピンと伸ばす。殿下の婚約者を名乗りたいなら、今日は一つのミスだって許されない。

馬車が王宮に到着し、国王陛下、王妃殿下にご挨拶する。お会いするのは実は二回目だ。この前の春季休暇中、私は王妃様主催のガーデンパーティーに招待されて参加した。

王妃様はその途中全員参加で本気の「かくれんぼ」を始めるという厄介、ではなく、遊び心のある方で、大変だった記憶がある。

　挨拶を済ませると私室に案内された。広いというよりだだっ広いという表現が合う部屋。調度品も豪華で、私と侍女三人には勿体《もったい》ないくらいだ。

　殿下は夜会まで会えないと聞いている。夜会開催まで、準備のため多忙を極めるのだ。

　学園の友人たちは出席するのだろうか？　いるなら会いたいが、変に出歩いて何か失敗したらどうしようという気持ちが強い。

　私は慎重に、準備を始める時間まで、それはもう大人しく過ごした。

　女性の準備というのは大変だ。いや、男性の準備がわからないが、とにかく夜会の準備は大変だ。

　浴室で体中磨かれて、腰を縛り上げられて、重たい宝石を装備して。一分の隙もなく完成させなければならない。顔面なんてもはやキャンバスにでもなったかと錯覚する。

　貴族の素養は万事問題ないと評価をもらってる私だって一つくらい苦手なものもある。

　コルセットである。

「マリー、こんな、細く、なきゃ、だめ？」

「頑張ってください、お嬢様……！」

　私が机に掴《つか》まり、侍女のマリーが私のコルセットを渾身《こんしん》の力で引っ張る。正しく締まった頃には、私は人間離れした細腰の持ち主になっていた。

　私はその間首を絞められた鳥みたいな声を上げていただけなので全てはマリーの功績だ。父さまに特別手当を出すよう頼もう。

全て準備を終えて少し休憩していたときだ。ノックが聞こえ、私はガバッと顔を上げた。

殿下が迎えに来たのだ！

侍女が応対してくれている間、おかしなところがないか鏡で確認する。夜会という名の戦いのため万全を期さねばならない。へまをすれば嘲笑ものだ。

「あのう、お嬢様」

しかし、焦りを覚える私に対して、戻ってきた侍女は浮かない顔をしていた。

「ルウェイン殿下ですが、夜会までエスコートできないそうです。会場で問題が起きて対応しないといけないとか」

「…………え」

急速に気持ちが萎むと同時、私ははっと気づいた。

そうだ、これはイベントだ。

「それでその、代理の方がいらっしゃって――」

侍女の言葉は最後まで届かなかった。

人が真横から近づいてきたのに気づくが早いか、その人物は両腕の中に私を包み込んだのだ。

殿下じゃない。なのに抵抗しようと思わない。勢いのよい声が頭の上から聞こえたからだ。

「会いたかった！　また美人になったな、俺の可愛《かわい》いレベッカ！」

太陽みたいな笑顔が向けられた。と思ったら、ぽかぽかしたその腕の中にまた閉じ込められていた。

今度は私も抱きしめ返す。

「私も会いたかったです、兄さま！」

ヴァンダレイ・スルタルク。三強で学園を卒業した次期公爵であり、加えてとても男らしくてかっこいい見た目をしている。

第一部では『憧れの先輩』ポジションの攻略対象だった。第二部では『憧れの卒業生』である。

夜会のエスコートを代わりにしてくれるのは、『ヴァンダレイルート』でのご褒美イベントだ。気を揉《も》みすぎて失念していた。今の私は思ったより余裕がないらしい。

兄さまは私を散々抱きしめてやっと離したと思ったら、「最後にもう一度」と言ってまた押しつぶした。

「レベッカ可愛いぞ！　国を救える！」

「ありがとうございます」

褒め方が幼児に対するそれで笑ってしまう。

兄さまは私の頭を撫《な》でたいらしく手を伸ばしてきたが、芸術品のように複雑に編まれているそれを触ってはいけないと思い直したらしい。最終的に私の頭の上の空気を撫でた。

「殿下に招待されたんですか？」

「ああ、セクティアラが出席できないから今日の夜会はパスする予定だったんだがな！」

兄さまは目を閉じ腕を組み、しみじみと口を開いた。

「突如部屋の窓が砕け散って、馬車でも突っ込んできたかと思ったら、殿下の幻獣だった！　嘴《くちばし》に咥《くわ》えられて空を飛んだのは初めてだ！　もはや誘拐だったな！」

「ええ……」

それからすぐ王宮の一室で支度をして、そのままここまで来てくれたらしい。

グルーは勢い余ってしまったのだろうか。それか「ヴァンダレイは丈夫だから多少雑で構わない」と殿下に言われた可能性がある。

なんとなく遠くを見つめていたら、兄さまが私の前に跪《ひざまず》き、恭しく手を差し出した。

「殿下は既に会場内にいるそうだ。王子のもとまで、俺にエスコートさせてくれるか？」

「はい！」

私はお姫様にでもなった気分でその手を取った。

＊＊＊

王宮の巨大ホールの真ん中で、一人の女性が貴族令息たちに囲まれていた。

彼女は名前をアデラ・モーティマーという。十四歳ながら次代「社交界の花」と呼び声の高い伯爵令嬢だ。あちらこちらから勝手に集まってきた男性に囲まれながら、彼女は誰にも気づかれないようこっそりため息をついた。

（人の顔を見てみっともなく鼻の下をのばす男たちにはうんざり）

蜜蜂に群がられる花というのはこういう気分なのだろうか。アデラはもはや辟易《へきえき》としている気持ちを抑えるのを煩わしく思うほどだった。

（私に似合うのは、もっと――）

さりげなく周りを見渡せば、目的の人物は国王陛下と王妃殿下の隣にいた。

彼ほど美しい男は見たことがない。あの均整が取れた体躯《たいく》も、王子らしい金色の髪も、ラピスラズリみたいな群青の瞳も、全てが理想的だ。

――ルウェイン・ファバードン第一王子。

王子が王族専用の場所から席を外したタイミングを狙って、アデラは男性たちをいなし、彼の元へ向かった。

「ルウェイン様、ごきげんよう」

おっとりした感じを意識して声をかければ、王子はこっちを振り向――かなかった。聞こえなかったようだ。

軽く咳払《せきばら》いする。王子が何一つ読み取れない表情でアデラを見下ろし、口を開いた。

「――初めまして」

「嫌ですわルウェイン様、先日もお会いしたばかりですのに」

声まで完璧だ。アデラは王子の冗談にくすくす笑った。

今夜の王子は夜会でしか見られないタキシード姿だ。色は黒が一般的だが、彼はグレーのものをよく着ているのを知っている。上品でシンプル、高級感のある意匠が、彼本来の魅力を際立たせている。

「ルウェイン様――」

「悪いが時間がないので。失礼」

アデラは唇を尖《とが》らせた。相変わらずつれない王子だ。これは彼が『冷たい美貌』と評される所以だった。

しかし突き刺す氷みたいな視線も、絶対零度の態度も、彼のものなら好ましく思える。

「もう少し――」

そのときだった。王子は急にホールの入り口へ視線を走らせた。

一拍置いて入り口が開く。また一組出席者が増えた。それだけのことのはずだ。

しかし様子がおかしいのは王子だけではなかった。

巨大なホール全体に波のようにざわめきが広がっていく。男性も女性も関係なく王子と同じ方を見つめて、口々に囁《ささや》き合う。

――誰だ、あれは。

――なんて美しいの。

――知っているか？

――隣にいるのは、スルタルクのせがれでは。

――そうか、なら彼女が。

――ああ、公爵が大事にしまい込んでいた――

――『スルタルクの宝石令嬢』。

アデラは一変した空気についていけず動揺した。たった今入ってきた人物によって、ホール全体の雰囲気が塗り替えられてしまったのを肌で感じた。もう誰もアデラを見ていない。

ルウェイン様。アデラは困ってしまって、王子に声をかけた。

そして自分の目を疑った。

王子はアデラの存在などとうに忘れ、ただ一心に『スルタルクの宝石令嬢』を瞳に映していた。

笑顔なんて知らないはずの口元が緩く弧を描いている。今ならとても『冷たい美貌』なんて言われるはずがない。

恋に落ちた瞬間の人間というものを、アデラはそのとき初めて見た。

それも、同じ人に、何万回目かの恋だった。

絶句したアデラはやっと入り口の方を振り向いた。

まず目に入ったのは、長身のスルタルク公爵令息。茶色の髪の毛を後頭部で一つにまとめ、前髪が一部後ろに流されて、普段見えない額が見えている。

文句なしの色男。半年ほど前彼が侯爵令嬢と婚約したとき、アデラはショックだった。

その陰から一人の女性が姿を現す。

身に纏《まと》っているドレスは足元が淡い水色で、上に行くにつれて深い青色になる見事なグラデーション。さらに金色の流星のような刺繍《ししゅう》が全体的に散りばめられている。まさにルウェイン王子の色だ。

下から目線を持ち上げていくようにして、ついにその顔を目にしたとき、アデラの心はぽっきりと音を立てて折れた。

陶器よりも滑らかな白い肌、ほんの少し赤みが差す頬、熟れた果実より魅力的な唇。伏した瞼《まぶた》を長いまつ毛が飾り、そのそばに控えめな泣きぼくろが一つ。

髪は黒い真珠を思わせるほど艶やかで、両耳と首元には、アデラの家が財産の半分をはたいてやっと買えるような宝石がいくつも、当たり前のように並んでいる。

彼女が顔を上げた。アデラの横にいる男を真っ直《す》ぐに射抜く。

その瞳が透き通った灰色であることを知った瞬間、アデラは膝から崩れ落ちた。

『敗北』。その二文字がアデラの心を支配する。

しかしあろうことか、アデラの負け試合はそこで終わらなかった。

「あの、どうかされましたか？　お怪我《けが》は？」

鈴を転がす声のお手本みたいなそれに顔を上げれば、目の前には件《くだん》の令嬢がいて、アデラに手を差し出しているではないか。

アデラは唇を戦慄《わなな》かせた。王子に向かってしずしずと歩いていたはずのその女性は、なんと王子よりも先に、その横で座り込んでいたアデラに話しかけたのだ。

しかも彼女がなぜかアデラに顔を寄せ始めたから、アデラの脳内は混乱を極めた。

訳がわからずギュッと目を瞑《つぶ》る。「どうしよう」と「めっちゃいい匂いする」しか考えられない。

近づいてきた唇はアデラの耳元で止まった。

「わかります、コルセット苦しすぎて貧血になりますよね。立てます？」

アデラはカッと目を見開いた。それから後のことは記憶が朧《おぼろ》げだ。

まともに思い出せるのは、「とにかくファンクラブに入らせてほしい」と強く思ったことだけである。

＊＊＊

私は兄さまのエスコートで夜会が行われているホールへ向かった。

中に入ると視線が集まる。殿下の婚約者という立場は何かと目立つのだ。このくらいは慣れたものなのでどんと来いである。

すぐ殿下を見つけた。私のことを見て、いつものように少しだけ目を細めて笑ってくれている。

そのそばに行こうとした。でも貧血でよろめいた令嬢を見かけた。近づいてみれば可愛らしい子で、まだ学園にも入学していないような年頃に見える。

可哀想《かわいそう》に、こんな子もコルセットで縛られるなんて。児童虐待には当たらないのだろうか。

義憤に駆られながら介抱しようとした私の肩に、誰かの手がポンと置かれた。

「レベッカ」

「兄さま？」

見たことがないほど静かな表情で、兄さまはゆっくりと首を横に振った。

「もうやめてあげなさい。『オーバーキル』だ」

あ、懐かしい、その言葉。母さまがよく使っていた。意味は確か過剰なまでに相手にダメージを与えるとかそんな感じ。今は誰とも戦っていないので首を捻《ひね》る。

「その令嬢は俺がお連れしよう。では、第一王子殿、妹をよろしく頼みますよ」

兄さまがよそ行きの顔で殿下に右手を出す。

「ああ。急な頼みを聞いていただいたこと、感謝する」

殿下が応えてその手を取った。

みし……っ！　と、およそ握手とは思えない音がしたのはそのときだ。

見れば、両者の手の甲に筋肉の筋が浮かび、どう考えても互いの右手を粉砕しようとしていた。私は「ひっ」と声を漏らした。

こめかみにも青筋を浮かべて、それでも笑顔を崩さなかった兄さまが、体調不良の令嬢を伴って退出した。

「殿下、右手は無事ですか？」

私は聞こえるか聞こえないか怪しいほどの小声で殿下に話しかけた。一時的に血流が止まったのか、彼の手は白くなっていた。

「ああ。ヴァンダレイと握手するときは骨を折るつもりでいくのがコツだ」

「どうして……」

「初めて会ったときの握手で実際折られたんだ。まあこちらも折り返したんだが」

「だからどうして」

家に帰ったら兄さまを問い詰めなければ。そう考えていたとき、はたと気づいた。

かなり緊張して夜会に臨んだはずだが、気づけば力が抜けている自分がいる。二人は私をリラックスさせるために一芝居打った——わけではないだろう。違うな、うん。

ともかく揃《そろ》ったので国王陛下と王妃殿下に挨拶しに行って、後はひっきりなしに話しかけてくる人たちとの歓談だ。

侯爵家、伯爵家、伯爵家、子爵家——ゴウデス侯爵もいた。キャランのお父さんだ。

途中でふと視線を奥にやったら、壁のそばに立っているフリード・ネヘルを見つけた。おそらくまた殿下から私の警護を頼まれているんだろう。

そういえばメリンダが「フリード様最近そっけない」とぼやいていた。仕事が増えて疲れているのかもしれない。

若干の申し訳なさを感じていたら、後ろから声をかけられた。

「ルウェイン殿下、スルタルク公爵令嬢、ご機嫌うるわしゅう。いやはやお二人ともまさに宝石のような美しさでいらっしゃる」

殿下が私の腰に回している手に力を入れた。私も内心警戒を強める。

そこにいたのはマハジャンジガ子爵。サジャッド・マハジャンジガの父親。実物を見るのは初めてだ。笑顔で一礼する。だがもしも許されるのなら、私は不可解さを全面に表したいと思った。そのくらい意外だった。

——この男が、サジャッドの父親？

彼の父親として想像されるのは、スマートで外面はよく腹は真っ黒な男だ。だが実際の子爵は、私と殿下に揉み手する小柄な男だった。ゴマスリが露骨で情けない。

そのギャップが妙に引っかかる。

だってサジャッドは父親に逆らえないから、シナリオでは主人公エミリアを洗脳し、現実では私を攻撃しているはずなのだ。

漠然とした違和感は、次にゾフ侯爵が話しかけてきたことで一旦頭の隅に追いやられた。今はこの夜会での振る舞いを成功させることに集中しなければ。

夜会は真夜中まで続き、私は最後まで殿下の隣で婚約者としての役割を全うした。

＊＊＊

「わー！　久しぶりっ！」

夏季休暇も折り返しに差しかかった頃、私は上空で夜の飛行を楽しんでいた。

すぐ上には今にも降ってきそうな無限の星空。下には道標《みちしるべ》の役割も果たしてくれる街の輝き。

そして今見えているのは、私が生まれ育った故郷だ。ついつい身を乗り出して覗き込んでしまう。

ジオラマみたいな街の至る所に明かりが灯《とも》っていて、綺麗《きれい》なおもちゃを見ているようだった。

「レベッカ、落ちるなよ」

そう言って背後から私を抱え直したのは殿下だ。窘《たしな》めるような口ぶりだがひどく穏やかな声で、きっとこの旅を楽しんでくれていた。

「殿下、見てください！　あそこがうちの領自慢の観光地街です！」

「そうか、明日行こう。名物は何だ？」

「『モチマンジュウ』ですね、母が考案したものです！　あっ、あそこの特に明るいのは美術館で、なぜか私が三歳の頃父のために書いた絵が大トリで飾られてます！」

「さすがは公爵だ」

観光大使にでもなった気分で殿下に領地を宣伝する。彼はそれにいちいち返事をくれて、誰も見ていないのをいいことに頬に唇も寄せてくる。

嬉《うれ》しいけどくすぐったくて、私はたまに軽く身を捩《よじ》って笑った。

今日は以前殿下と約束した、二人で公爵家領を訪ねる日である。

公務とは別で、ただのちょっとした里帰り、というかデートだ。だからなのか兄さまには「愛馬に蹴られてはたまらない」と遠慮されてしまった。

移動手段はクリスティーナとグルー。片方に二人で乗ってその間片方は休憩を繰り返し、ついでに私と殿下も交代で風魔法の追い風を吹かせれば、なんと一日で到着してしまった。すごい。

公爵邸の前に降り立つと、叔父がわざわざ出迎えてくれた。人の良さそうな顔に万年消えないクマ。変わりなさそうで何よりだ。

「遠いところお疲れ様でした……見るものもあんまりないとこですが、どうぞごゆっくり満喫していただいて……」

彼は王都で働く私の父に代わって領地を任されている。見た目と態度に反してやり手だ。私は『吹けば飛んでいきそうなのは頭髪だけの叔父』と呼んでいる。

私からその呼び名を聞かされている殿下は、些《いさ》か通常より上の方を見ながら叔父に挨拶していて、笑いを堪《こら》えるのが大変だった。

今日はもう遅いので、観光は明日ゆっくりする予定になっている。明日も泊まって、明後日王都に戻る。

殿下は公爵邸を興味深そうに見ていた。私が言うのもなんだが、屋敷は結構大きくて、正直あんまり行ったことがない場所さえある。

夕食をとった後、私は殿下の手を引いて母のお墓に向かった。

裏庭に出ると夏の虫の声が私たちを出迎えた。昼間より気温が下がったとはいえ、籠《こも》るような蒸し暑さがいくらか残っている。

点々と置かれているオレンジ色のランプを追いかけるように奥に進んでいく。最奥が母の墓地だ。公爵家の先祖代々が眠る墓地に埋めるはずだったのを、父が拒否した。

墓標の前に座り込む。周りには私が植えた花がたくさん生えているから、花畑の中みたいなお墓だ。殿下も私の隣に腰を下ろした。

「ただ今帰りました、母さま」

そう話しかけながら墓標に刻まれた文字をなぞった。今は暗いからわからないが、『ソフィア・スルタルクここに眠る』と書いてあるはずだ。

顔の前で手を組み、黙祷《もくとう》を捧《ささ》げる。

ゆっくり目を開け隣を見れば、殿下はまだ目を瞑ったままだった。

虫の声以外何も聞こえない暗闇の中で、私は短くない時間、飽きもせずその横顔を見ていた。

殿下が目を開ける。立ち上がって、また殿下の手を取る。

来た道を戻る途中、殿下が足を止めた。

「ああ、ここ」

吐息みたいに小さく呟《つぶや》いた彼は、軽く周りを見回してから、花壇の一つを指差した。

「レベッカ、その花壇の近くに立ってくれないか？」

不思議に思いながら言う通りにする。花壇のそばで殿下を振り返ったら、殿下は右手を筒のようにして目に当て、私を見ていた。被写体にされているような感覚だ。

「これだ」

「何がです？」

「俺が初めて見た、レベッカの姿」

思い出を愛《いと》おしむように殿下が言った。私が初めて殿下に会ったのは一年と少し前だが、見たのはもっと前だ。殿下は魔法で『窓』を作れるから。

殿下は今、私を通して小さな私を見ているのだろう。

「ならここは、思い出の場所ですね」

「そうだな」

殿下に近づいて、胸板に頬をくっつける。殿下は私に優しく腕を回した。

「レベッカ、地下室に案内してくれないか？」

顔を上げ、薄暗い中でもはっきりわかる群青と目を合わせる。

「構いませんが、何もありませんよ？」

「ああ」

スルタルク公爵家には確かに地下室がある。緊急時に逃げ込んで身を守るためのシェルターだ。

だが普段は何があるわけでもなく、一部屋分の空洞みたいなもの。そんなところに何の用だろう。

殿下を連れ、屋敷の外壁に沿って歩いていった。少しすると錆《さ》びついた両開きの扉があった。小さい頃は意味もなく開けて入りたくなったものだが、重くてびくともしなかったのか懐かしい。

今、力を入れて持ち上げるようにして開けば、下りの階段が続いているのがわかる。殿下が魔法で明かりを灯した。二人でゆっくり降りていく。

「本当に何もないですが……」

扉はなく、降りきったらそのままそこが地下室だ。中は外よりもひんやりしていた。真っ暗で何も見えない空間に私の声が反響する。

しかし殿下は一歩踏み出した。手を軽く掲げて、天井に光源をいくつも出現させる。

何をしているんだろう。天井から前方に視線を戻して、私は息を呑《の》んだ。

地下室の真ん中に人がいたのだ。

だが彼は生きているわけではなく、透明な結晶の塊の中で、固く目を閉じ、ただそこにいた。私はそれが永遠の眠りだと知っている。

信じられない気持ちでその名を呼んだ。

「オウカ」

――――去年一年間、恋した女性の娘である私に手を貸してくれた男の名前だった。

ずっと昔に罪を犯したとされている人だから、また封印されたのは知っていた。でも。

「いつからここに……？」

声が震えるのを抑えられないまま尋ねる。殿下は力が抜けて倒れそうな私に気づいたのか、私の腰に手を回した。

「三月頃だ。レベッカから彼の話を聞いた後、学園長と義叔父上《おじ》の許可を取って移した。公爵夫人の近くの方がいいと思った」

胸を衝《つ》かれた。鼻の奥がツンと痛くなって、視界が滲《にじ》み出す。

私がオウカと言葉を交わしたのは三回だけだ。最初はただ恐ろしいと思った。次は不思議だと、私の知らない何かがある人だと思った。

最後には感謝と、父のような思慕を抱いた。

今にも目を開けて動き出して、笑顔でひょいと手を上げそうな顔をしているくせに、しかしもう話すことはできない人。

またその声が聞けたら、赤い瞳が見られたら、どんなにいいか。

「殿下、ありがとうございます」

ぼろぼろ溢《あふ》れる涙を止められなくても、代わりに拭ってくれる人がいる。それだって母さまとオウカのおかげなのだ。

一目だけでも会えてよかったと心の底から思った。

願わくば、母と同じ地で、安らかに眠れますように。

領地から戻ると、八月は王都の父の家で過ごす。今日も朝起きて、軽く伸びをしながら朝食を食べに行く。

そこには既に父さまがいた。書類に目を通しながらスープを飲んでいる。

「おはようございます」

「おはようレベッカ」

朝食が出てくるのを待つ間テーブルの上に置かれた手紙の類《たぐい》を確認した。薄ピンクの可愛らしい封筒と、無機質な茶色の封筒が私宛だった。

「あらエミリアから手紙だわ」

「へえ、何だって？」

薄ピンクの方をペーパーナイフで丁寧に切り、手紙を取り出す。もう一枚別の紙も入っていた。

「ええと……元気みたいですね。『筋肉ムキムキ体操』を考案したそうです」

「えっ？」

父が素っ頓狂な声と共に書類から顔を上げた。

「隊員たちからは隊長と呼ばれ、とてもやりがいを感じているそうです」

「……どういうことだい？」

「どういうことでしょうね」

最終的には『筋肉ムキムキムキキャンプ』のお誘いだった。同封されていたのはそのチラシのようだ。「君も一緒にムキムキしよう！」というあおりと一緒に、浅黒い男性が歯を見せて笑っているイラストがデカデカと載っている。いや誰？

私は何も見なかったことにして、もう一通の封筒を開けた。差出人は王立貴族学園である。手紙は季節の挨拶から始まって、最終的には順位表だった。

「ああ、六月の試験の結果ね」

第二学年を真っ先に確認して、私は天を仰いだ。

「やるわね、ガッド・メイセン……！」

一位にあったのは私の名前ではなかったのだ。二位が私で、三位がエミリア。

「一位じゃなかったのが初めてなだけで、父さまはものすごいと思うぞ」

「ありがとうございます……」

時間をかけて準備しただけに悔しい。次は負けないと心に決め、他の学年を見ていく。

第三学年はやはりというか一位が殿下、二位がキャラン・ゴウデスで、三位がフリード・ネヘルだ。

第一学年は一位がブライアン・マークだったから驚いた。「とにかく強かったがテストで学園最低点を更新し続けた生徒」として教員一同の記憶に新しい姉とえらい差である。

私は読み終わった手紙を置いて一息ついた。エミリアには今日中に返事を書こう。最近あったことや、この前とても懐かしい人に会えて嬉しかったことを書こうか。

ポケットの内側に手を滑らせる。まだ眠たそうな顔の私の白蛇を出してあげ、テーブルに乗せる。

「ねえクリスティーナ、もうすぐあなたが生まれてから一年だわ。何か欲しいものはあるかしら？」

「キュ？　シュー？」

「もちろん。私これでも公爵令嬢なの」

「キュイ……キュキュキュイ」

「つふふふ、こら、滅多なこと言わないの」

「キュイ」

「つふ、あははは、もう、クリスティーナってば！　つふふふふ」

お腹《なか》を押さえて涙が出るくらい笑った。そんな私の様子を、テーブルの向かいに座る父さまが口を開けて見ていた。感心したように言う。

「すごいな。レベッカはその子が何を言っているかわかるんだね」

「いえ、よくわかりません。フィーリングです」

「えっ」

クリスティーナとの会話に戻ろうとしたが、何やら視線を感じた。父さまが口に手を当てておろおろしている。

「父さま？」

「えっ、えっと、クリスティーナちゃんは欲しいものがあるって？」

「ええ。小粋なジョークを交じえつつ教えてくれたわ」

「小粋なジョーク」

朝食を持ったメイドが部屋に入ってきた。お礼を言って受け取り、「サンドイッチを外で食べられるように包んでほしい」と伝えた。

「そういうわけで、今日は一日留守にしますね。クリスティーナの『必殺技』を編み出すという予定が入ったので」

そう告げてからクリスティーナと「ねー」と顔を見合わせる。父さまは複雑そうな顔で「本当にフィーリングなの？」と呟いた。

朝食を食べ終わりサンドイッチを受け取る。帽子だけ被《かぶ》って、庭で龍の姿になったクリスティーナの背中に乗った。

クリスティーナがやりたいという『修業』と『必殺技の会得』は、きっとひと気のない林の中とかでやるのがいい。王都を抜けてどこかの山に入るべきだろう。

明確な理由はない。なんか「ぽい」からだ。

「そうだ、ちょうどいいわ。良いのができたら『夏』で披露しましょう」

ゆったり飛行しながら思いついた。

あと半月もすれば『夏』だが、正直まだノープランだった。クリスティーナはただ存在するだけで完璧に可愛いので、これ以上何かしろと言われても困るのだ。

見えてきた山の中腹に適当に降り立つ。

「じゃあ早速始めましょうか！」

「キュ！」

クリスティーナはやる気十分と言わんばかりに鼻息を出した。可愛い。

「龍といえば、伝承では何やらすごい息を吐き出すわよね。クリスティーナ、出せる？」

辺り一帯を薙《な》ぎ払うみたいな威力をもった龍の吐息について、たしか伝承があったはずだ。本で読んだことがある。

クリスティーナは顔を持ち上げ、口をパカッと開けた。そのままシュー、シューと何かを出そうと力むが、特に何かが起きる様子はない。

「シュ……」

クリスティーナは肩を落としてしまった。いや、肩なんてないのだが、落ち込んでいる。

「あなたのせいじゃないのよ、クリスティーナ。本当にそんな龍がいたかもわからないんだから」

何せクリスティーナは学園三百年の歴史でも初めての龍の幻獣なのだ。その鱗《うろこ》を腕全体で撫《な》でる。

「爪が鋭いわよね。使ってみましょう。クリスティーナ、『何やらすごい爪』よ！」

手頃な太い木を指差して言う。クリスティーナが元々鋭い爪をカッターのように尖らせて、その木の幹を斜めに引っ掻《か》いた。

何も起こらないと思われたそのとき、大木は自分が切られていることに初めて気づいたみたいにずるりと動いた。真っ二つになって倒れる。

「わあっ、すごいわ！」

「キュイっ！」

私は手を叩いて喜んだ。素晴らしい切れ味だ。剣も目じゃないというか、多分最高品質の剣も敵《かな》わない切れ味だ。

クリスティーナも嬉しいようで、私を中心にとぐろを巻いてキュッと抱きしめてくれる。

「言い方の問題なんだわ！　クリスティーナ、『何やらすごい息』！」

私はとぐろの中から腕だけ出して、高々と天を指した。クリスティーナは私の声に応え、その方角へ大口を開いた。

「ガアッ！」

瞬間、白い炎を纏った咆哮《ほうこう》が空を覆った。高く伸びて巨大な入道雲を突き破る。入道雲はその一閃《いっせん》を中心に消し飛ばされた。

言葉を失った。口を半開きにしたまま、上げていた手を下ろす。ぎぎぎ、と音をさせてクリスティーナを見る。クリスティーナも恐る恐るこちらを見た。

「っす、すっごいわ！　クリスティーナッ！」

白い体に飛びついた。手の届く範囲をすべと撫でまくる。

クリスティーナは怒られると思っていたと見えてびっくりしている。だがすぐに私にされるがままになった。

おそらくだが、クリスティーナが言い出したこの修業は私のためのものだ。

『春』で矢に射られたり、階段から落とされたり、不甲斐《ふがい》なかった私を見て「もっと強くならなきゃ」と思ってくれたのだろう。

それなのに、ちょっと空を燃やしたぐらいで怒っては、主人失格というものだ。

「ありがとうね。大好きよ」

額を合わせ、大きな頭を抱え込んで抱きしめる。愛は伝えても伝えても足りない。こんなにいい子の主人である私は幸せ者だ。

それからしばらく、伝説でしかなかった『ドラゴン・ブレス』が観測されたという話で王都は持ちきりになった。事実確認の必要に迫られた殿下が真っ先に私に連絡をよこしたので、私は平謝りすることになった。

でもこれで、来《きた》る『夏』の準備が整った。さらにコンディションを上げるべく、私は上機嫌のクリスティーナの鱗をぴかぴかに磨くことにした。

5

乾いた破裂音を鳴らして、王都の空に花火が打ち上がった。続け様にまた一つ、もう一つ。朝の空でも目に見えるそれらは色とりどりでとても綺麗《きれい》だ。

私は簡易的な椅子に腰掛けて空を眺めた。

最初に「空に花を咲かそう」と考えた人は誰なのだろう。そこにはきっとロマンチックな理由があるんだろうが、今打ち上がった花火に限って言えば、『夏』・『幻獣祭』開始五分前の合図である。

『幻獣祭』は国を挙げての祭だ。学園が一般に開放され、観光客が大量に来る。この暑さにもかかわらず。

三部制で、午前中は私たち第二学年の生徒が自分の持ち場で幻獣をアピールしないといけない。

かくいう私も照りつける日差しにじんわり汗を滲《にじ》ませながら自分の持ち場に座っている。

『夏』はこの春卒業した『三強』二人が卒業生代表として参加するのが伝統。遠くに見える簡易ステージに、豹《ひょう》の背に乗った女性と、数えきれないくらいの蝶《ちょう》の群れを引き連れた女性がちょうど姿を現したところだった。

「久しぶり、王立貴族学園！　今年は私たちが卒業生代表だよー！」

「みなさま、ご無沙汰しております。よろしくお願いいたしますね」

オリヴィエ・マーク、そしてセクティアラ・ゾフの登場に、会場である中庭は、気温が数度上がったと錯覚するほどの熱狂に呑《の》み込まれた。特に男たちの野太い声援がすごい。

そこかしこで興奮の声が聞こえる。客が吸い寄せられるようにステージに集まっていく。

「私も近くで見たかったのに……」

不機嫌を隠しもせずぼやいた。

「これぱっかりは、毎年第二学年が不満に思うところですね」

隣のスペースから返事が返ってくる。ガッド・メイセンだ。切長の目も、眼鏡が似合う涼やかな雰囲気も、夏季休暇前の彼そのもの。

――――でも。

「メイセン様、筋トレ、なさいました……？」

彼は線の細い美形から一転、武闘派イケメンへと変貌を遂げていた。

「あっ、わかります？　これも『筋肉ムキムキ体操』のおかげなんですよ」

あれか。私はまだ会えていない親友の名前を呼んだ。

エミリア、あなたこの休暇の間、一体何をしていたの？

聞いてもいないのに嬉々《きき》として『筋肉ムキムキ体操』のご利益を語り始めたガッドを適当に無視する。私は天地がひっくり返ろうとその集まりにだけは参加しない。

簡易ステージの上に意識を戻した。

オリヴィエとセクティアラ様が何か言っているのに、男性陣の勢いが強すぎてかき消されている。

ステージに少しでも近い場所を争っているのだ。教員が統制に動き出す始末である。見ていたら男子生徒が一人、教員を投げ飛ばした。

むさ苦しい争いを眺めているうち、気づいたら『幻獣祭』開始が宣言されていた。

『夏』は自分が見られている間結構暇だ。周りからの視線を受け止めて座っている以外にあまりやることはない。

クリスティーナは私の足元で大きな体を投げ出し眠っている。審査団が来たら起こせばいい。この喧騒《けんそう》と暑さと視線の中で寝られるなんて、図太くて可愛《かわい》い。

ぼーっとしていようかと思ったが、ガッドが平民の男の子相手に筋肉ムキムキ体操を布教し出したので、助け舟を出すことにした。

「メイセン様、あなたの幻獣はナマケモノであっていますか？」

男の子が私に会釈してから逃げていくのを見送る。

ガッドは自分の上半身に掴《つか》まっている幻獣の頭を撫《な》でた。手足が長く、目がくりっとしている。そして動きが鈍い。なんというかキモ可愛い。

「はい。月に一回くらいしか働かないやつなんで、ぴったりだと思ってます」

「月に一回何をするんですか？」

「秘密です。『冬』で敵になる可能性もありますから。移動系とだけ言っておきます」

ガッドが人差し指を自分の唇に当てた。さすが抜け目ない。彼は優秀だが、能力うんぬんより人望が厚い。彼と話していると誰でも毒気を抜かれる感じがする。

すると審査団一行が近づいてきた。オリヴィエが私を見つけて駆け寄ってくる。

「おーい！　レベッカちゃん！」

彼女は私にぶつかる寸前のところまで走ってきて、ピタッと止まると、私を太陽から覆うようにして立った。

「そんなに汗かいて可哀想《かわいそう》に！　熱中症には気をつけるんだよ！」

「お久しぶりです、オリヴィエ様。ありがとうございます」

隣からガッドがオリヴィエに声をかけた。

「オリヴィエ嬢は騎士団で団長一直線の活躍ぶりだとか。一国民として頼もしい限りです」

「照れるなー！」

お世辞ではなく、オリヴィエは彼女の幻獣である豹に乗って出世街道を爆走しているともっぱらの噂《うわさ》なのだ。

「レベッカちゃん、ブライアンと仲良くしてくれてるんだってね！　あいつは普段悪ぶってるけど、ほんとは優しくていいやつなんだ。これからも頼むね」

「もちろんです」

私がこくりと頷《うなず》いたとき、審査団の残りの面々が追いついた。ギャラリーをぞろぞろ引き連れている。

「セクティアラ様、お久しぶりですっ」

「レベッカ、ごきげんよう」

オリヴィエの陰から顔を出して挨拶する。セクティアラ・ゾフ様が上品な猫のような目を細めて微《ほほ》笑《え》みかけてくれた。

私は「この天女は私の義理の姉になる方なんです」とふれて回ろうとしたが、オリヴィエで立ち上がれなかったので断念した。

代わりにクリスティーナを揺り起こす。

「ごめんね、クリスティーナ。一発だけ空に向かって『何やらすごい息』を吐いたら、また眠っていいから」

「キュイ」

クリスティーナが寝ぼけ眼のまま顔を上げる。そして口をパカっと開けたとき、あろうことか審査団の男性、それも確か最近就任した宰相が、ずいとクリスティーナに近づいた。

「ほう、あなたは『ドラゴン・ブレス』をそのような呼び方で――」

「あっ！」

危ない、と言いたかったのだがもう遅い。クリスティーナの口内に極度に純度の高い魔力の塊が発生し、空に向かって打ち上げられた。

私は二の句が継げなかった。いや、宰相は無事だった。それは良かった。

だが間近で発射されたその咆哮《ほうこう》は、宰相のカツラを凄《すさ》まじい勢いで吹き飛ばしていた。

彼は周りからの視線を全て頭部に集めたまま、噛《か》み締めるように、

「……やむなし。これも宿命」

と口に出した。妙にかっこよかった。あと多分良い人だ。

その後はまたガッドと取り止めのない話をして、第二学年の時間が終了した。次は第三学年。

私はこの時間、サジャッド・マハジャンジガを見張る手筈《てはず》になっている。

攻略本によれば、『夏』はサジャッドが暗躍を始めるタイミングだ。今日は彼にとって「好きな夢を見せられる能力」と偽って色んな人の夢に入り込める、またとないチャンス。

だから私と殿下は決めた。

『夏』の間サジャッドから目を離してはならない。サジャッドに夢への介入を許した人間は、学園の生徒・一般人にかかわらず一人残らず記録し、マークする。

私が持ち場にいた間は殿下が見張っていたはずだ。

クリスティーナに蛇に戻ってもらい、ポケットに入らせた。サジャッドの持ち場を探す。

既に第三学年の多くが自分のスペースに座っていて、順番に見ていった。カメレオンに羊にヤギに象。もはや動物園である。

ついにサジャッドを見つけて、私は離れたところから遠視の魔法を使った。『夏』はファバードン王国の一大行事だけあって人でごった返しているし、これだけ離れていればまず見つからない。

第三学年の部がスタートすると、サジャッドが集まってくる人に順番に応対し始めた。

『昨日見た夢はどこで何をしたものだったか』という鍵を聞いて、一人がけのソファに座らせ目を閉じさせる。睡眠導入に似たこともできるのだろう。平民嫌いの彼も、やろうと思えば愛想良くすることくらいはできるらしい。

記録をとるの自体は楽だ。しかし犠牲者が増えていくのを指を咥《くわ》えて見ているのは思ったより精神的にくるものがあった。

あの男を今すぐ捕まえられたらどんなに良いか。だがいくら第一王子と公爵令嬢でも、国民を理由もなく長期間幽閉するなんて不可能だ。

私は唇を噛みながらただ記録を取り続けた。

第三学年が終われば、トリは第一学年。新たな幻獣たちのお目見えだから『幻獣祭』は最後が一番盛り上がる。朝よりさらに人が増えて身動きが取りづらい。

シナリオでも、一番の山場はこの時間だ。洗脳をかけるためにサジャッドが主人公エミリアを呼び出す。だがどうにも事態がシナリオ通りに進んでいないから、正直サジャッドがどう出るかわからない。

サジャッドが立ち上がった。異変はそのとき起きた。

――何十メートルも離れたところにいる彼と私は、確かに目が合った。

その瞬間。

「あっ、次期王妃様だ！」

「綺麗ー！」

周囲の一部が急に私に反応し始めた。ただでさえ密度が高いのにさらに人だかりに囲まれる。握手を求めて四方から手が伸ばされ、どんどん距離を詰められる。

学園の生徒も混じっていたから変だと思った。私に対してこんな熱意はなかったはずだ。

見れば、彼らは全員、サジャッドに『夢』を見せてもらった人たちだった。

揉《も》みくちゃにされながら人と人の隙間に目を凝らす。

――いない。

サジャッド・マハジャンジガはその場所から忽然《こつぜん》と姿を消していた。

群衆をかき分け進もうとしたら誰かに手を掴まれた。無遠慮に引っ張られる。バランスを崩し、中心に戻される。

「やめ……っ」

「スルタルク公爵令嬢！」

「握手して！」

「こっちを見て！」

恐怖を感じるほどの勢いだった。一人ではどうにもならない。

ポケットの中でクリスティーナが怒っているのを感じるが、彼らはおそらく洗脳されただけで罪はない。間違っても怪我《けが》をさせてはいけない。

助けを求めて辺りを見回す。

珍しい濃紫の髪を見つけたのはそのときだ。

「メリンダ！」

人だかりの隙間から視線が交錯した。

「手を貸して！」

逃がさないとでも言うように周囲の喧騒が激しさを増している。負けじと一生懸命叫んだ。

しかしメリンダは怪訝《けげん》な顔をして、自分の耳を示してから、二本の指でバツを作った。「何を言っているのか聞こえない」と言いたいんだろう。

だがその隣にいた男は、私の必死な表情から何か察したようだ。

その肩に乗っていた、通常の何倍という大きさのカラスがぶわりと浮き上がる。羽ばたいて私の真上に飛んでくる。

太い足に両手で掴まれば、カラスは私をぶら下げたまま軽々と上昇した。人の頭を飛び越えるようにして脱出に成功する。

それでも彼らはまだ追いかけてくる。私は着地と同時に人混みを縫うように駆け出した。

「どうした」

カラスの幻獣の主人――フリード・ネヘルが私に並走し始めた。

「殿下はどこですか」

「わから――あそこだ」

フリードが上を指差す。上空に巨大な鷲《わし》が滞空していた。見上げた途端、その背で私を探していたらしい殿下と目が合った。

「レベッカ！」

「殿下！　私も乗せてください！」

グルーが急降下して真上まで降りてくる。差し出された手に掴まって乗り込む。

「ネヘル様、助かりました！」

遠ざかっていくフリードに取り急ぎ礼を言い、高度が上昇する中殿下に向き直った。

「サジャッドが姿を消しました」

殿下が目を瞠《みは》る。そして口を開く。

「シナリオ通りならどこにいるはずだ」

「第一校舎です」

それを聞くなりグルーが進路を変えた。校舎は『幻獣祭』の間立ち入り禁止。暗躍するならもってこいの場所だ。

「でもシナリオとは違う可能性が」

「たしかに現実は攻略本と食い違っている。だが同じ部分もある。やつの居場所が後者であることに期待しよう」

殿下は冷静に言うと、グルーの高度を下げた。第一校舎はすぐだ。続けて魔法で校舎全体の気配を探り始めた。殿下以外に学園で使える者はいない高等魔法である。

「――いるな。二人だ。もう一人は――」

その唇が紡いだ名前に、私は目を見開いた。

校舎の屋上でグルーから降りる。魔法で足音と衣擦《きぬず》れを消して、その二人がいる場所を目指して上から下に降りていく。

二人は十階のある教室にいた。教室のすぐ外で話し声に聞き耳を立てる。

「何度同じことを言えば気が済むんですか？　『怪我人がいる』なんて嘘《うそ》をついて人を呼び出した時

点で、あなたは何一つ信用できないんです。もう戻っても？」

「エミリア嬢、待ちなさい」

中の状況は予想と食い違っていた。サジャッドが思ったより落ち着いている。

むしろ興奮しているのは連れてこられたエミリアだ。基本的に温和な彼女が、声に明らかな苛立《いらだ》ちを滲《にじ》ませているのは珍しい。

理由はすぐにわかった。サジャッドが、物わかりの悪い子供に言い聞かせるみたいな口調で語った内容が、全てを表していた。

「今は同じ学園の生徒でも、君には穢《けが》らわしい血が流れているんだ。平民は貴族に仕えて初めて息を吸うのを許されるんだぞ？　どうして『人間』みたいに振る舞うんだ？　何を勘違いしてしまったんだ？　可哀想に……でも大丈夫さ。劣等種でもその治癒の力があるなら、私と我が子爵家がちゃんと使ってあげよう」

吐き気がする。あまりにも傲慢で愚かだ。聞いていられない。

だが立ち上がろうとした私を殿下が押さえた。彼はごく小さな声で私を説得した。

「今出て行けば現実とシナリオの乖離《かいり》がさらに進む。九尾がいるから、やつはエミリアに敵《かな》わない。なら情報の優位を少しでもなくさないよう動いた方がいい」

私はガツンと頭を殴られたような気持ちで殿下を見つめた。

たしかにその通りで、正論だ。

「でも……」

あんな言われようをして、ただ耐えろと？　エミリアが何を言い返してもサジャッドは気にも留めていない。「平民」だからだ。

親友が悪し様に言われるのをただ見ているなんて、私にはできない。

「殿下、私――」

「ああ、わかってる」

殿下は頷いた。そして顎で廊下の反対側を指した。

「だから、『彼』に任せよう」

そのとき、エミリアとサジャッドがいる教室に、突如気配を現して入った男がいた。

その強烈な怒気を一体今までどう隠していたのか。

彼の体を中心に暴風が起こる。窓という窓が軋《きし》み、校舎全体が小刻みに揺れ、その場の全員を鋭い耳鳴りが襲う。

「――口を閉じろ、サジャッド・マハジャンジガ」

あまりの怒りに魔力を煮えたぎらせながら、その男は立っていた。

攻略対象の一人にして五高の一角。そして何より、第一部からエミリアに好意を寄せてきた。

ガッド・メイセンは、大事な少女を侮辱する人間を決して許さない。


ほんの少しだけ顔を出して教室を覗《のぞ》き込む。

ガッドが一歩一歩踏みしめるようにして教室に入っていく。彼はエミリアを庇《かば》うように二人の間を割って立った。

「あと一度でもこの人を侮辱したら、俺は貴様を切り刻んで海に捨てる」

ひゅ、と喉を鳴らしたのはエミリアだ。ガッドの言葉は、ただの脅しではなく必ず実行されると思わずにいられないすごみがあった。

サジャッドも突然現れたガッドに怯《ひる》んでいた。それでも、その場に現れた「貴族」であるガッドの手前、取り繕ってその場を後にする――。

そうすると思っていた。私の予想は大きく外れた。

サジャッドは猫を被《かぶ》りも逃げもせず、ただ力の限り吠《ほ》えた。

「騎士気取りか、立派なことだ！　エミリア、男に守られるお前はやはり、汚い平民の売春婦だなッ！」

刹那、ガッドが腰の剣を引き抜いて、サジャッドを殺す気で振り下ろした。それがわかるくらい容赦のない一撃だった。エミリアが短く悲鳴を上げる。

しかしサジャッド・マハジャンジガも、少なくとも去年は実力で五高の称号を勝ち取った男だ。切りかかられることは予想していたのだろう。素早くのけぞり、身を翻してかわし切った。

「俺はな、エミリアッ！　お前が三強の『忠臣』だから近づいたんだよ！　そうでもなければお前みたいな、下賤《げせん》な平民などッ！」

血を吐くようなその叫びを聞いたとき、私の頭を疑問符が支配した。

――――どうして。

それは半年後の舞踏会で言うはずのセリフだ。なぜ今出た？　まだ言うはずのないセリフをサジャッドがここで口にした。この事実は何か大きな意味を持っている気がした。

「まだ言うかッ！」

ガッドの声で思考から引き戻される。その手が雷《いかずち》を纏《まと》い、一閃《いっせん》が走ってサジャッドを襲う。サジャッドは手近な机を盾にして防いだ。

その一撃の威力たるや。机が大破したのを見て戦慄した。ガッドは今一時的に魔力が昂《たかぶ》っている状態だ。これ以上ヒートアップすると死人が出かねない。

私が間違っても流れ弾に当たらないよう、殿下が一歩踏み出した。このレベルの戦いを止めるなら殿下が出ざるを得ない――まずい。

しかしそんな空気を、よく通る声が打ち壊した。

「いいかマハジャンジガ、よく聞け！　彼女は貴族の庇護《ひご》など必要としてない！　ましてや貴様などいらない！　なぜかわかるか！」

教室を覗く。そのときやっと気がついた。

沸騰した魔力といい容赦ない攻撃といい、ガッドは怒りに我を忘れているのだと思っていた。

でも違う。だって、ガッドはさっきから一歩も動いていない。

エミリアを守るためサジャッドに立ちはだかった場所から、一歩たりとも。

「強い女性だからだッ！　自分の足で立てるからだッ！　生き方を決められるからだッ！　血しか取

り柄のない貴様と、一緒にするなぁッ！」

ガッドが全身全霊でそう叫んだとき、エミリアは口を開けて、自分のために怒る男の後ろ姿を見ていた。

そしてそのまま力が抜けたようにかくんと膝から折れた。

「エ――」

つい親友の名前を呼びそうになる。後ろから伸びた手が私の口を塞いだ。

「レベッカ、教師が来る。行こう」

殿下が囁《ささや》く。これだけ派手に戦えば誰かしら気づくとは思っていたが、教師がこの場を収めてくれるならそれが一番だ。

エミリアはまだそこにいるけれど――でも、ガッドがいるなら。

「……はい」

頷いた私を殿下が抱き上げる。音もなくその場を離れ、階段を降りていく。たまに近くの教室に一旦入ったりしているのは、集まってくる教師をかわしているんだろう。

立ち入り禁止の校舎であのような決闘を演じては、ガッドに対する教師陣からの評価は下がるかもしれない。

でもエミリアがそのことで謝るとき、彼はそれを笑い飛ばすのだろう。きっと「あなたの役に立てたならそんなことはどうだっていい」などと言いながら。

「メイセン様、大成するでしょうね」

殿下の首にしがみついたまま呟《つぶや》いた。

「ああ。王宮に欲しい」

「あ、いいですね。伯爵家の次男ですし。卒業したらスカウトしましょう」

本気で話し合いながら目を閉じる。ガッドが最後にサジャッドに叫び返していた言葉を反芻《はんすう》する。

あのとき、本当に胸がスッとした。私と殿下が見ていたことは知られたくないから、ガッドに直接お礼を言える日は来ない。

だから代わりに心の中でお礼を言った。エミリアのために怒ってくれてありがとう。私の代わりに言い返してくれてありがとう。サジャッドを言い負かしてくれてありがとう。

まあ欲を言えば、一発くらいサジャッドの顔面に拳を入れてくれてもよかったと思うが、それは外野のわがままである。

中庭に戻ると、第一学年の時間はまだたっぷり残っていた。教員がサジャッドを押さえている今なら楽しく回ってもいいはずだ。

私は『春』で少し話したハンナ・ホートンの白いウサギが気に入った。白いぴょこぴょこした耳を撫でていたら、ハンナが「私もお願いできませんか」と言い出したのでそれは少し引いた。

殿下はブライアン・マークの子ライオンに興味を示していた。「できる限り大きく育てろ」と第一王子直々に命令され、ブライアンが隠しもせずめんどくさそうな顔をしていたのが面白かった。

巨大化する能力を持ったグルーといい、殿下は大きい動物に惹《ひ》かれる少年の心をお持ちである。

6

二学期が始まった。

ぼちぼち『秋』のため準備をしないといけないが、そんなことはどうでもいい。

『秋』は一次選考に通過しないと発表の権利を得られないので気張らないといけないが、そんなこともどうでもいい。

サジャッドは『夏』の場外乱闘のあと教師に見つからず逃げおおせたらしいが、それもひとまず置いておく。

なぜって、私たちの間には今、空前絶後今までで最大級の事案が持ち上がっているからである。

エミリアに春が来たのだ！

というわけで私たちは女子寮のエミリアの部屋に集まり彼女の話に耳を傾けている。夜が更けてきたが明日は休日だ。

「そしたら、力が抜けてしまった私をガッドが支えてくれて……」

「きゃー！　すごいわ！　すごい！」

「ええ、恋愛小説のヒーローみたい！」

お相手はもちろんガッド・メイセン。第一部から彼の片想《かたおも》いを傍観していた私としても感慨深い。

エミリアがクッションを抱きかかえ、もじもじしながら先日の『夏』の出来事を語っている。メリンダは大興奮だ。

私は実際見たことなのだが、エミリアの口から語られているとまた違った面白さがある。何より、銀髪から覗《のぞ》く耳を真っ赤にさせているエミリアが可愛《かわい》い。

「えっどうする告白する⁉　だってガッド・メイセンって絶対エミリアのこと好きでしょ！」

「間違いないわね」

エミリアのベッドに座ったメリンダが上下に飛び跳ねて言う。

私も頷《うなず》いたが、エミリアはもはやアルマジロみたいに丸まりながら消え入りそうな声を出した。

「告白とかは……あっちからがいいなぁ……」

「可愛い！」

「可愛い！」

メリンダと二人でエミリアを撫《な》でこする。恋する乙女がこんなにも愛らしいとは。エミリアは小型犬のように愛《め》でられても抵抗する余裕がないらしい。

「じゃあデートに誘うべきだわ！　そしたらあっちから察して告白してくれるでしょ！」

「や、やってみます……！」

メリンダは握り拳を作り、エミリアががばっと立ち上がる。そうと決まればどう誘うか、何に誘うか、いつ誘うか、何を着ていくか。決めることはたくさんある。

結局私たちが倒れ込むようにして眠ったのは、その日の明け方だった。

一週間後の朝、エミリアが学園にある噴水の前でガッドを待っている。緊張からか膝を擦り合わせている彼女。

女の子らしい薄ピンクのワンピースとチェーンのハンドバッグが、華奢《きゃしゃ》な体によく似合っている。

うん、ばっちり。文句なしに可愛い。

私はといえば、殿下と二人、そんな彼女を少し離れた場所から見ていた。

「メイセン様、来ませんね……」

まだ待ち合わせの十五分前だからいいけれど、今日も日差しが強い。でも雨や風はなくてよかった。

「レベッカ、来たみたいだ」

殿下は今日も今日とて当たり前のように私の腰に手を回している。サラッとしたシャツと細身のパンツというシンプルな格好を、持ち前のスタイルで完璧に着こなしている彼は、正直眩《まぶ》しすぎてさっきから直視できない。

エミリアに視線を戻すと、走り寄るガッドが遠目に見えた。本来話なら聞こえるような距離ではない。殿下は今日、自分の集音の魔法を使えばいいと言ってついてきてくれていた。これまた高等魔法である。

そもそもなぜ私がエミリアにストーカーまがいのことをしているかといえば、エミリア本人に頼まれたからだ。

勇気を出してガッドを王都デートに誘った日、エミリアが「頼むからついてきてくれ」と言うものだから、私とメリンダは腰を抜かした。普通逆だ。「ついてこないでよ」だ。

一気にボルテージが上がったメリンダだが、デートの日にちを聞いて天を仰いだ。フリード・ネヘルとの先約があるそうだ。

というわけで今日は私と殿下の二人。これならむしろ都合がいい。

なぜなら今日は攻略本を持ってきたからだ。『ガッドルート』の『デート&告白イベント』を参考にするためだ。

殿下の集音魔法のおかげで、二人の会話がまるですぐそばのことのように聞こえる。

『ごめん、待たせちゃったね』

ガッドがエミリアに言い、

『いいえ、私が早く着きすぎてしまったんです。楽しみで！』

エミリアが答えた。攻略本を確認する。

私は思わず拳を握りしめた。大正解である。まさに攻略本に書いてある通り会話がスタートした。

じゃあ行こうか、とガッドが言い、二人が歩き出した。隣で殿下が首を傾《かし》げる。

「今のが正解なのか？」

「ええ、模範解答です！　私たちも行きましょう！」

デートコースはエミリアが事前に教えてくれている。まずは観劇の予定だが、時間があるのでお茶屋さんに寄るようだ。

私たちは二人から離れたところに座った。再び会話に耳をそばだてる。

『ケーキたくさんあるね。エミリア、チョコレートとチーズとフルーツならどれが好き？』

殿下と一緒に攻略本を確認すれば、これも好感度の上げ下げを伴う会話だった。

『チョコレートも、チーズも、フルーツも好きですが……チーズが一番好きですっ』

「よし……！」

「よく当てたな」

「多分三つを全て口に出してみて、メイセン様の反応で察したんでしょう」

「末恐ろしいな」

殿下の言葉に頷く。さすがは真のヒロインだ。申告では初恋なのに駆け引きが上級者のそれだ。

順調な展開を見せる二人のデートに胸を撫でおろしていたら、殿下が私の前にメニューを広げた。

「何が食べたい？」

「あっえっと……。こっちか、それかこっちにします」

「両方頼んで半分にするか」

「いいんですか！」

目を輝かせた。殿下が店員さんに声をかける。

試しに殿下は何がお好きですかと聞いたら、レベッカの作るお菓子が一番美味《おい》しいと、至って普通の顔で言われた。さすがは真の王子だ。

甘いもののあと出された紅茶についついほっこりしていたら、気づけばエミリアとガッドが店を出たところで、慌てて店を後にした。

次は観劇。エミリアはわざと前の方の席を取ってくれたのだろう。安心してその少し後ろに座る。

二人が入った劇場に入っただけなので、席に着くまで題名を知らなかった。垂れ幕に書かれているそれを見て絶句する。

私の様子に気づいた殿下が、垂れ幕に視線をやったのがわかった。

「『スプラッター殺人鬼VS首絞め幽霊Ⅲ』……」

「……エミリア……」

なんてものを選んでるんだ。確実に初デートで見る代物ではない。

シナリオで主人公エミリアはハートフル冒険活劇『ポチのファバードン一周』を見たいというはずなのに、どういう心境の変化なんだろう。いや、それはそれであまり面白そうではないが。

逃げようかと思ったがもう席を立つことができない。

私は一時間半の大部分を、殿下の腕に顔を埋めて過ごす羽目になった。しかしいくら視界を塞いでも、セリフは悲鳴と一緒に耳から入ってくる。あまり意味がない。

途中、殿下が耳打ちしてきた。

「レベッカ、ガッドは怖い物好きらしい。明らかに楽しんでる」

「エミリアと相性ばっちりですね……」

殿下は決して劇を見ようとしない私を哀れに思ったようだ。優しく話しかけてくる。

「そんなに怖がらなくて大丈夫だ。赤いのは血糊《ちのり》だし、演じているのはただの人だし、死体はきっと布製だ」

「……」

「なあレベッカ、今の場面は怖くないから顔を上げてみないか」

恐る恐る顔を上げる。ちょうど、首絞め幽霊に締め上げられた人が爆裂死するシーンであった。

何も言わず定位置に戻る。笑いをこらえきれず震えている殿下の腕を割と本気で叩《たた》く。

「バカ、バカ………」

「悪かった」

ついにくすくす笑い出した殿下は、多分周りの人からすれば、ホラーを鑑賞して笑っているヤバい『イケメン』だ。

体感三時間の一時間半を終えて劇場を出る。体力を削られたのは四人中私だけらしい。エミリアとガッドなんてむしろツヤツヤしている。エミリアは『肝試し』のとき失神していたが、キャーキャー言うのが好きなタイプなんだろう。

疲れ切った私の代わりに殿下がエミリアとガッドのことを目で追ってくれていた。繋《つな》がれた手に引かれ、のろのろと足を動かす。

「二人が店に入った」

「えっ！」

それは次の分岐点だ。

ここまで順調に好感度を上げることができている場合、可愛いアクセサリーを見ているだけのエミリアに、ガッドが何か買おうとする。

しかしそれは固辞しなければならない。ちゃんと断ると、デートの最後でサプライズプレゼントをもらえるからだ。

「さすがにお店に入るとメイセン様にバレちゃいますよね。殿下、集音できそうですか？」

「いや、ガラスが厚い上に人通りが多い。難しいな」

「わかりました。外で待ちましょう」

殿下が買ってくれた冷たい飲み物を二人で飲んで、首絞め幽霊の正体について話し合いつつ待つこと十分。

「あっ殿下、出てきまし――」

スキップするように店を出てきたエミリアの右手に目が吸い寄せられた。

どう見ても、お店の紙袋である。

「か、買ってる！」

「買ってるな」

殿下が集音の魔法を再開した。店を出て歩いていく二人の会話に聞き耳を立てる。エミリアの機嫌のいい声が聞こえた。

『ふぅ、良い買い物しましたー！　次はどこに行きましょうか？』

「しかも自分で買ってる！」

私は慌てた。好感度を維持しないとデート最後の告白に響いてしまうはずだ。でも自分で買うならいいんだろうか。別にガッドに迷惑はかけてない。

今日一日で初めてはらはらしながら、暗くなってきた道を進む二人を追いかける。時間帯的にもデートコース的にも、次の場所が最後で間違いない。

着いたのはロマンチックなのに人がいなくて穴場らしい、教会前広場だ。

ベンチに座った二人に合わせ、こちらも離れたところのベンチに座る。

『今日、すっごく楽しかったよ』

『私もです！』

笑い合う二人。

殿下と攻略本を広げた。この後ちょっとしたハプニングが起きるようだ。小さな羽虫がエミリアにぶつかりそうになるという。

驚いたエミリアは「きゃっ」とガッドにくっつく。それをきっかけに良い雰囲気になって、ガッドが告白してくれる。糖度百二十パーセントである。

ガッドの告白は「前から、言いたかったんだけど」から始まるらしい。これが聞こえたら盗み聞きはやめて、先に学園に帰ろう。

そう思った矢先。

『あ、虫――』

ガッドの声で顔を上げた。殿下もそちらに視線をやったのがわかった。

私たちの視線の先でエミリアが、飛来した小さな羽虫に驚く――ことはなかった。

『あ、ほんとですねぇ』

その右手が素早く宙を切る。

彼女は平然と、虫を素手で捕まえた。

そしてゆっくり手を開くと、穏やかな微笑《ほほえ》みを浮かべ、ふわりと空へ送り出した。

『さ……腐海へおかえり』

私は口をぽっかり開けた。我慢できなかったらしく、隣で殿下が吹き出した。

今何が起きたんだ？　エミリアは何のモノマネしたんだ？

私同様呆気《あっけ》に取られていたガッドが、一足先に我に返る。

『む、虫平気なんだね』

『ええ。都会って虫が苦手な方多いですよね。あんなんでどうやって生きているのかよく不思議になったものです。私は地方育ちだったもので』

頭を抱えた。あの子は何を言ってるんだ。生まれも育ちも王都だとこの前言っていなかったか。

いてもたってもいられなくなって立ち上がった。しかし耳に飛び込んできたのは、ガッドの思いも寄らない言葉だった。

『……そういうところも好きだなぁ。前から、言いたかったんだけど――』

こ、告白始まった！

エミリアから全力疾走で遠ざかっていった正規ルートが、ものすごい強引さで引きずり戻された。

開いた口が塞がらない私の手を殿下が引いて立ち上がった。未《いま》だに笑いが収まらないらしい彼は適当に道なりに進んでいって、最初に見つけたベンチに改めて腰を下ろした。

「っふ……くく……」

「殿下、笑いすぎですよ……」

「レベッカの百面相が……っ、ふ」

まさかの私のことで笑っていた。恥ずかしまぎれにじとりと睨《にら》む。

殿下は悪かったとばかりに両手を挙げ、人が少ないのをいいことに私を抱き寄せた。上機嫌である。

「今日、楽しかったな」

その口ぶりで、一日思っていたことを尋ねる気になった。

「殿下、もしかして今日はエミリアとメイセン様のデートを見に来たんじゃなくて、私とデートしに来たんですか？」

「もちろんだ」

即答である。思わず笑ってしまった。

「私も楽しかったです。次は普通の劇を見ましょう」

私は殿下に手を引かれて立ち上がり、ガッドとエミリアも帰る頃かなと思いながら学園へ帰った。

寮の自分の部屋に帰って少しすると、部屋に誰かがやってきた。ドアを開けた瞬間銀色が飛び込んでくる。

「レベッカ様、ガッドと恋人になりました！」

「そうでしょうね、よかったわ」

一時はどうなるかと思ったけど。

その言葉を呑み込んだ私にエミリアが何かを差し出した。まじまじと見つめて驚く。輝くような笑顔と一緒に渡されたのは、エミリアが途中で買っていた紙袋だった。

開けてくださいと言う無言の圧力に押されて開けると、中にはラベンダー色の生地に銀色の刺繍《ししゅう》が可愛いハンカチが入っていた。

「今日はついてきてくださってありがとうございます！　レベッカ様大好きですっ！」

抱きついてきたエミリアを受け止めてから、やっと私へのプレゼントだと気づいた。

「私も大好きよ」

珍しくエミリアに負けず劣らずの力で抱きしめ返す。良い親友を持ったものだ。

＊＊＊

秋の眠りは心地良い。ぬくぬくのお布団にくるまる冬も素敵だが、この時期の眠りにはそれに勝るものがある。暑くもなく寒くもなく、眠りに適温すぎるのだ。

今朝もそんなお布団の中で目を覚ました私は――なんの躊躇《ためら》いもなく素早くお布団から出た。寝室のカーテンを開ける。

「あ！」

外の窓枠に一輪の花とメッセージカードが置かれている。最近はほぼ毎日のことなので慣れた動作で回収した。

実は最近殿下は忙しい。仕事がなかなか終わらないらしく会う時間が取れないと連絡が来たのも、もう二週間は前のことだ。

その際、思いつきで返信にお菓子を送ることにした。片手間で食べられる一口サイズのタルトのセット。出会った頃に食べた私のクッキーが美味しかったと、以前言ってくれたのを思い出したからだった。

メッセージカードにお仕事お疲れ様です、休憩はとってくださいね、お体にお気をつけてなどと当たり障りのないことを書いて一緒に送った。

すると次の日返信と一輪の花が届けられていたのだ。「ありがとう。おかげで仕事が捗《はかど》った。早くレベッカに会いたい」などと書いてあって顔がカッと熱くなった。

嬉《うれ》しかったのでまたお菓子を作って返信をし、それ以来自然とやり取りが続いている。私はメリンダのフクロウに頼んで殿下の部屋の窓に届けてもらっているのだが、殿下はおそらくグルーに頼んでいるのだろう。

今日のカードには、「パイ美味かった。ありがとう。レベッカからの差し入れがなかったらとっくに書類を全て投げ捨てるか燃やすかしている」と書かれていた。

今日も少し笑ってしまいながら大事に机の中にしまう。五歳のときから婚約しているのに今更手紙のやり取りをしている事実はむず痒《がゆ》いというかなんというか、頬が緩むのを抑えられない。

そうして身支度を整えに洗面所に向かったら、鏡に映った自分が思ったより気持ち悪い顔をしていたので、私は頬が緩むのを全力で抑えることにした。

朝食を食べに女子寮一階の食堂に降りていった私は、その真ん中で首を傾げた。

いつも先に席に着いているメリンダが今日は見当たらない。朝に強い彼女は、毎日同じ席で私とエミリアを待っていてくれるのが習慣で、今まで寝坊したことなどなかったのに。

すると後ろから制服の袖を引っ張られた。振り返れば、普段の三分の一も目が開いていないエミリアが立っている。

「おはようございまぁす……」

「おはよう、エミリア。今日はメリンダがまだなの」

「え？　珍しいですねぇ」

「ね」

二人で首を傾け合う。横から声をかけてきたのは同じ学年の女子生徒だった。

「メリンダ・キューイ様でしたら、『体調が悪いから今日は欠席する』と昨日寮監に伝えているのを見かけましたよ」

「え！」

メリンダは昨日夕食の席に現れなかったが、フリードと放課後デートだと朝言っていたので気にしなかった。もしかして部屋にいたのだろうか。

エミリアと二人、女子生徒にお礼を言い、食堂を飛び出して寮の階段を上っていく。食堂は一階で、メリンダの部屋は私の二つ下の階、四階だ。

扉を強めに叩きながら声をかけた。

「メリンダー？　私よ、レベッカ。具合はまだ悪いの？」

「メリンダさん、大丈夫ですかぁ？」

するとちょっと間があって、

「大丈夫よ。ちょっと体調が悪いだけ」

そんな言葉が中から聞こえたとき、私とエミリアは顔を見合わせた。

――今のメリンダの声、変だった。

扉の前からさっとどいて場所を空ける。エミリアが当然のようにドアノブに手をかけ、「フンッ！」と鍵を破壊した。

扉から顔を覗かせる。さすがゴリ、じゃない、何でもない。

扉を壊されるのは初体験だろうか。私の世界へようこそ。メリンダはすぐ前の廊下に座り込んでいた。ぽかんとした彼女と目が合う。

エミリアはそんなメリンダを気にした様子もなく、ずかずかと入っていってそばに腰を下ろした。

「話してくれないなんて水臭いですね。私たち友だちじゃないですか」

彼女らしいなと思いつつ、私もそれに倣う。勝手に入って近づいて、膝を抱えているメリンダの近くに一緒に座り込む。

「そうよ、メリンダはいつも私のことを助けてくれるのに、こんなときは何もさせてくれないなんて良くないわ」

そう語りかければ、真っ赤な目が私を見上げた。

お願いだから話してほしい。

「メリンダ、どうしてそんなに泣いてるの？」

既に一晩泣き続けたのだろう彼女は、再び顔をぐしゃりと歪《ゆが》ませてその両目に涙を浮かべた。堰《せき》を切ったようにわんわん声を上げて泣き出しながら私とエミリアにがばりと抱きつく。

「う、ぐす、ぶ、ぶりーぼばまびゃ」

「メリンダごめんね、全然わからないわ」

「ゆっくりでいいですよ」

華奢な背中をさする。メリンダはこう見えて涙もろい。去年も子爵邸で飼っていたペットが亡くなったとかでわんわん泣いているのを見た。

「ぶ、ブリードざまがね」

「ああ、フリード・ネヘルね」

「ずっど、恋人なのに、婚約じようって、言ってぐれないがら」

「そういえばそうですね」

相槌《あいづち》を打ちながら聞く。

メリンダは次の言葉を言うにあたって、これ以上ないくらい泣き腫らしていた顔を、さらに歪めた。

「私がら言っだら、『君ど一緒になる覚悟が、俺にはない』って」

私とエミリアは無言で立ち上がった。あの黒いローブ男の元へ向かうためだったことは言うまでもない。

突然だが、王立貴族学園の男子寮と女子寮は、校舎群を挟むように対称的に位置している。よって一般的に男子生徒は朝の女子寮に縁がないし、逆もまた然《しか》り。

だから私も今日初めて知ったのだが、朝の男子寮というのは女子寮と同じくらい慌ただしい。支度に異様な時間がかかる女性陣に対し、男性陣は根本的に起きるのが遅い諸君が多いのかもしれない。

そんな混雑した男子寮の中を、ガリガリと両手剣を一本引きずりながら歩いていった。エミリアはメリンダを一人にしたくなくて留守を任せた。

会う男子生徒会う男子生徒、みなその場で固まりあんぐり口を開けている。ある者は歯磨きの途中で、ある者はジャケットを羽織る手前で、ある者はパンを片手に。奇妙なマネキンみたいだ。

食堂に到着した。目的の野郎はそこでのんきに朝食をとっていた。メリンダは食堂に来ることもできないというのに。

おかしな雰囲気にやっと気づいたのか、こちらを振り向いたその男に、わざわざポケットに入れて持ってきたものをぶつけた。

――――手袋だ。

「……は？」

「拾いなさい、フリード・ネヘル。ええそうです、決闘ですよ」

引きずってきた剣を彼の黒いローブの足元に投げてやる。私自身はワンピースの足元から短剣を取り出して構えた。

それを見た途端、沸いたのは周囲だ。

「決闘だ！　決闘だ！」

「ていうか殴り込みだ！」

「三強のレベッカ・スルタルクだ！」

「おい誰か！　まだ寝てるやつ起こしてこい！」

どんどん集まってくる男子生徒たちで小さな輪が形成される。

さながら闘技場のリングのごときそれは、貴族の決闘や一騎打ちにおける暗黙の了解である。第三者は手出し無用。どちらも逃げられないよう周りを他の人間で囲む。

騒ぎを聞きつけ寮監も来たが、私の姿を認めると口をつぐんだ。三強の称号のおかげか、公爵家の力か、もしくは両方だ。

フリードは剣の扱いに長《た》けているのを知っている。なのに剣を拾おうとしない。相変わらず長いローブのせいで顔が見えないが、困惑しているような気がする。

「理由は……」

「あなたに個人的な恨みがあるので」

フリードがますます困惑するのがわかる。親友の名誉のため、「メリンダを振った」などとこの場で言ったりしない。

だが心当たりがあるのだろう彼は、バツが悪そうな顔をする——した気がする。おそらく多分、ローブの下で。

「では参ります」

「っ、待て」

腹が立ったので言うが早いか踏み込んだ。地面を強く蹴る。一瞬で距離が詰まる。流れるように短剣を振るう。フリードはのけぞってかわした。間髪を入れず左の拳を顔面めがけてお見舞いする。

彼は後ろ向きに倒れるようにしてそれもかわした。そのまま両手を地面について飛びのき、一度私から距離をとった。

私たちの一挙一動に合わせ周りが歓声を上げる。今朝の男子寮は歴史に残る大盛り上がりだろう。

「待て、レベッカじょ――」

フリードが顔を上げ、すぐに目を剥《む》いた。私の短剣がすぐ眼前に迫っている。ついに彼の手が剣に伸びて、私の剣を真正面で受けた。刃と刃がぶつかり合う。拮抗してぎぎと低く音を出す。

「こっちにも理由が――」

「メリンダは泣いていました」

至近距離で囁《ささや》けば、思った通り動揺がそのまま彼の剣に現れた。力任せに弾《はじ》く。フリードがバランスを崩してどかりと尻餅をつく。

後ろ向きに倒れ、肘をついたフリード。ローブのフードがはらりと落ちる。その鼻の先に剣を突きつけて見下ろした。

「ちゃんと目が合ったのは初めてですね。初めまして、私レベッカ・スルタルクと申します」

初めて見た、黒いローブの下の素顔。澄んだ水色の瞳が印象的だった。それが揺れながら私を凝視している。

「メリンダ、が、泣いてる？」

「ええ、それはもう」

やはり知らなかったのか。メリンダのことだから、その場では気丈にも笑ってみせたのだろう。短剣を握る手にさらに力を込めた。

「なぜメリンダの申し出を断ったんですか。一年も付き合っておいて、別の方との婚約までの繋ぎだとでも？」

「俺は彼女が大切だ！」

フリードは私の言葉に食ってかかった。目と鼻の先に、真剣を突きつけられているというのに。

「ならどうして」

なのにそう問いかけると何も言わなくなる。唇を引き結ぶのみだ。

「何か事情があるのか、存じ上げませんが――『幸せになってもらいたい』などと考えるのはやめてください」

見開かれた目が私を見上げる。

フリードがメリンダを愛していることなど知っている。私が二人を見かけるとき、メリンダはいつも幸せそうに笑っていて、フリードはそれをじっと見ているのだ。

おそらく、愛《いと》おしそうに。

一体どんな心情の変化があったのか知らないが、でも、そんなにメリンダを想《おも》っているなら。

「勝手に幸せを願うんじゃなく、自分で幸せにしなさい。死ぬ気で幸せにする努力をしなさい。この『すかぽんたん』が！」

フリードは目を剥いた。はあはあと息を荒くし、何も出てくる言葉がないまま視線を彷徨《さまよ》わせ、ばたっと上体を床に投げ出した。

戦意喪失とみなして剣をしまう。

「レベッカ・スルタルクの勝ちだ！」

「すげー！　自分よりデカい男に勝った！」

「ていうか『スカポンタン』ってどこの言葉？」

「さあ？　でもいい響きだな」

男子生徒たちがどかんと沸くのを背中で感じながら、私はその場を後にした。

私もエミリアもメリンダも、今日は授業を全て休んだ。もう一人、メリンダの部屋を訪ねてきた身長百九十センチメートルの黒い男も、一時間目をサボることにしたらしい。

フリードと一緒にどこかに消えてから三十分ほどで戻ってきたメリンダは、なんと一足飛びに「近々結婚することになった」というニュースを抱えて戻ってきたので、私とエミリアは度肝を抜かれた。

その後学園で『スカポンタン』という言葉が流行した。

母さまに教えてもらったこの言葉は確か『阿呆《あほう》』とか『間抜け』という意味だったのだが、『男気のない男性を詰《なじ》り剣を突きつける際使う言葉』というひどく限定的な意味で定着した。

この言葉を最も意味もなく多用したのはエミリアであり、「スカポンタンスカポンタン」と口癖のように言った彼女のせいで、数人の男子生徒が流れ弾的に心に傷を負った。


メリンダとフリードの騒動から二週間ほど経《た》ったある朝、起きてすぐ部屋のカーテンを開けた。花もカードも見当たらない。深いため息をつく。

こんな日がもうしばらく続いていた。長らく私の朝を彩ってくれたカードのやり取りは、「少し忙しくなりそうだ」という走り書きを最後にめっきり頻度を減らしてしまった。

どうか体を壊さないでほしい、私のことは気にしなくていい。今はそれだけ伝えたい。でも忙しくて返信ができない相手に追って連絡するのは気が引ける。

私はもう一度ため息をついた。

最後に殿下に会ってからちょうど一ヶ月が経とうとしていた。

のろのろ支度をして校舎に向かう。沈んだ気分の私とは対照的に、学園はどこか騒がしいように思えた。

どこかへ向かう生徒たちを追うように足を進めたら、中庭に『夏』の結果が出ていた。例年より時間がかかったのはサジャッドとガッドの喧嘩《けんか》の調査が入ったからだろう。

結果を遠目に眺める。

十位　第一学年　ハンナ・ホートン
九位　第三学年　サジャッド・マハジャンジガ
八位　第二学年　ガッド・メイセン
七位　第一学年　ブライアン・マーク
六位　第二学年　ジュディス・セデン
五位　第三学年　キャラン・ゴウデス
四位　第二学年　レベッカ・スルタルク
三位　第二学年　エミリア
二位　第三学年　ルウェイン・ファバードン
一位　第三学年　オズワルド・セデン

ガッドの評価にそこまでの打撃はなかったようで、ほっと息をつく。

私は四位になれた感慨もなく一位の名前を見つめていた。だから反応が遅れた。気づけば一人の男が私の隣に並んでいた。

「やあ」

「……ごきげんよう」

サジャッド・マハジャンジガは、相変わらず癪《しゃく》に障る笑みで私に声をかけた。聞こえなかったふりをしようかとすら思ったが、ギリギリ乾いた微笑みを返す。

「最近ルウェイン殿下をお見かけしないが」

「公務で忙しくされています」

「なるほど……あなたも難儀だ。前から一つお伺いしたかった。王妃になる覚悟というのは、いかようなものか」

私のことを慮《おもんぱか》っているかのような口ぶりに虫唾《むしず》が走って見上げれば、サジャッドがわざとらしく肩をすくめた。

「年中無休で『民』なんぞのために心身を費やす。身を粉にして働いても結果次第で罵声を浴びる。どうしてその地位に就こうと思える？」

平民の次は王族を馬鹿にするのか。この世に嫌いなものしかないのだろうか。

苛立《いらだ》ちを露《あら》わにしないよう努めて穏やかな声を作る。

「滅多なことをおっしゃっては王族への侮辱と取られてしまいますよ」

「まさか！　私はそのような高尚な精神を持つ方々のお考えを知りたいだけさ」

「王妃としての覚悟など、学生の身分の小娘が偉そうに語れるはずもありません」

サジャッドがこの問答で何をしたいのかは知らない。だから正直に話すのみ。

「私はただ、あの人の隣にあるのはいつだって私であってほしいと心から思っていますから。王妃として身を尽くす理由なんて、それだけで十分です」

一際優雅に笑いかけて思い切り惚《とぼ》けてやれば、サジャッドは砂を吐きそうな顔になった。してやったり。

「お話しできて楽しかったです。ではまた」

サジャッドにしっぺ返しを食らわせるのは思ったより気分が良く、私は本心からそう述べて中庭を後にした。

その夜のことだ。寝台に入る直前になって、コツンコツンと小さな音が聞こえた。

――窓が外から叩かれている。

驚いて小さな白蛇を抱きしめたら、クリスティーナは「キュイ」と鳴いて私に「大丈夫だよ」と伝えてくれた。

ならグルーかもしれない。殿下から連絡だろうか。

そう思って、急いでカーテンを開けた、次の瞬間。

勝手に窓が開かれた。人が滑り込んできて、ぶわりと吹き込んだ風は外の匂いがした。

一瞬見えたのは金色の髪と夜の空だ。星が降ってきたのかと思った。

殿下。

名前を呼ぶ暇もない。気づいたら唇が重ねられていた。

「……今日、嬉しかった。ありがとう」

ひどく静かな声だった。そのままうつむくように、殿下は額を私の肩に押しつけた。その手が私の手を取って握る。

私は心底驚いていた。殿下が窓から入ってきたことにでも、会いに来てくれたことにでも、なぜか今日のサジャッドとの会話が知られているらしいことにでもない。

顔を見せないようにされていることと、肩に体重を預けられたことだ。

――――弱ってる。珍しいというか、初めて見た。

仕事続きで疲れてしまったのか。何か嫌なことでもあったのかもしれない。少なくとも、とんでもなく忙しい合間を縫ってここに来たということだけは確かだ。

疲れた顔を見せるのは嫌なくせに、殿下は私に体重を預けに、甘えにここに来てくれたのだ。

殿下の手を引きながら二、三歩後ろに下がったら、殿下はうつむいたままついてきた。私がそのままぽすんと寝台に腰掛けると、殿下も私の前で膝をつく。

彼の頭をお腹《なか》に抱え込むようにして軽く引き寄せた。

「人のお腹って安心するらしいですね」

もぞ、と動いた彼が、その言葉を聞いて止まる。大人しく収まってくれる気になったようで、私の腰に腕を回し、体重をかけてきた。

柔らかい金髪を梳《す》くようにして撫でていた。どれくらい時間が経ったのかわからなかったが、殿下が満足するまで、いつまでもそうしていた。

それからというもの、夜に殿下が訪ねてくるのが新しい習慣になった。

彼は決まって私が眠る直前になって現れて、口数も少なく入ってくる。一回目のとき味をしめたのか、私を寝台に座らせて、私の腿《もも》やお腹を枕にする。やはり顔をちゃんと見られるのは嫌がっていつもうつ伏せだ。

髪を梳《と》かすとうとうとするが、一時間もすれば起き出して、「また来る」と言い残して出て行く。

かなり心配だが、弱いところを見せてくれるのは嬉しい。彼の受け皿になったのが自分で良かったと心底思う。

だから、殿下が何か言わない限りは、このままでいいのだと思っていた。

――あの夜までは。

7

その日も殿下はいつものように夜にやってきて、私の太ももでうとうとしてから帰っていった。

だからそのあと私もいつものように眠りについた。

一つ違ったのは、『夢』を見たことだけだ。

私はどこか明るい場所に立っていた。顔を上げたら、化け物じみた大きさの龍がじっと私を見ていた。目玉だけで私の背丈ほどある。

しかし恐怖は一切なかった。躊躇《ためら》うことなくその鼻先に手を伸ばす。

『クリスティーナ』

姿形が変わっても魂は同じ。愛《いと》しい幻獣を私が見間違えるはずもない。

クラスティーナは目を細め、嬉《うれ》しそうに私に鼻を近づけた。そして私に語りかけた。

『れべっか』

幼児のような舌ったらずなそれがクリスティーナのものだということも、私にはちゃんとわかる。

初めて声を聞けて嬉しかった。

だけどクリスティーナが次いで口にしたのは。思いも寄らない言葉だった。

『おきて。るうぇいん、あぶない』

勢いよく上体を起こす。学園の寮の自分の部屋で、私は目を覚ましていた。息が荒い。暗い中今さっき見ていた白い獣を探す。

クリスティーナは白蛇の姿で私のお腹《なか》の上に乗っていた。びっしょり汗をかく私を見て、こくんと頭を動かした。

それを見た瞬間、私は上掛けをかなぐり捨てた。クリスティーナを抱えて転がるように寝台を出る。部屋の窓を開くと同時に飛び降りる。

「クリスティーナ！」

白い蛇が白い龍に姿を変えた。しかしさっきまでの巨大な姿ではなく、見慣れた大きさだ。落下する私を地面すれすれで掬《すく》い取り、一直線に男子寮へ向かう。

汗で濡《ぬ》れた肌に冷たい夜風が当たった。ひどい胸騒ぎと悪寒に体を震わせる。クリスティーナがちらりとこちらに視線をやる。

「大丈夫、今はとにかく殿下のもとへ」

クリスティーナは言わずとも私の気持ちをわかってくれていた。かつてないほどのスピードで白い矢のように夜空を切り裂き、ものの十秒で男子寮の殿下の部屋の窓に到着した。

窓は鍵が開いている。殿下は私の部屋から帰って、鍵を閉める余裕もなかったのか？　中に入ればそこが寝室だ。

寝台に駆け寄る。彼は人が入ってきたのに目を覚ます様子もない。

「殿下、殿下！」

傍らに膝をついてその体を揺する。彼は眉間に深い皺《しわ》を刻み、ひどく汗をかいていた。息が浅い。

頬が氷みたいに冷たい。うなされたまま全く目を覚ましてくれない。

「なんで、どうしよう、どうしたら」

医師を呼ぶべきか？　直感的に違うと思った。異常なのは発汗でも低体温でもなく、彼が全くその目を開かないことだ。そこには色濃い魔法の気配がある。

――サジャッド・マハジャンジガ。

確証はなかった。でもあの男の仕業だと思った。それなら今すべきことは、殿下を『夢』から目覚めさせることだ。

でもどうやって？　何を使えばいい？

必死に周りを見回す。クリスティーナと、殿下の幻獣グルーも、殿下のそばに寄り添っている。

クリスティーナは私の夢の中に現れた。幻獣と主人は強い絆《きずな》で魂が結ばれているからだと思っていた。でもそれならグルーは殿下の夢に入り込めるはずだ。

――ではグルーはなぜ今こうして、殿下を助けられずにいる？

額を押さえた。考えろ。殿下とグルーは夢を共有できないと仮定する。なら私とクリスティーナは特別なケース。

私とクリスティーナにあって、殿下とグルーにはない、幻獣との精神的繋《つな》がりを強くする要因となり得るものは？

脳が擦り切れるかと思った。火花が散ったかと錯覚する衝撃と共に、私は答えにたどり着いた。

――――魔力の共有。

去年の『秋』以降、私は幾度となくクリスティーナから魔力を分け与えられてきた。それが私とクリスティーナの夢の共有を可能にしているとすれば。

「クリスティーナお願い、殿下に魔力を分けられる？」

これは賭けだ。私は去年の『冬』でエミリアの九尾と魔力の共有に成功した。それはエミリアが私の『忠臣』だからだ。

――だがもし、私と殿下の間に、『忠臣の儀』を執り行った者同士に匹敵するほどの絆があるなら。

クリスティーナが殿下の上半身によじ登る。「キュイ」という一声と共にその体から濃い魔力が滲《にじ》み出た。

それは緩やかに殿下を包み込んで、弾《はじ》かれることなく、染み込んで消えていく――成功だ。

これで私と殿下はクリスティーナの中で繋がった――仮説が正しいなら。

殿下の前髪をかき分け、汗に濡れた額にキスを落とす。少しでも体温を分け与えられるよう隙間なくその体を抱きしめる。

私は強く目を瞑《つぶ》った。

絶対に助け出してみせる。世界で一番大切な人。

気づけばそこに立っていた。辺り一面真っ白の世界。

先ほどと違うのは、私に色がついている点だけだ。さっきは世界と同じく真っ白だった。

隣を見る。とてつもない大きさのクリスティーナの、プラネタリウムのドームみたいな瞳がすぐ近くにあった。クリスティーナは前回も今回も真っ白だ。

『私、入れたの？』

『うん、できた』

ほっと息をつく。だが本当に重要なのはここからだ。

私は周囲に視線をやって、あっと驚いた。

『これが殿下が今見ている夢なの……？』

そこはまるで、世界一の博物館のような空間だった。

純白の壁みたいなガラス張りのショーケースが整然と並んでいる。中は等間隔に仕切られ、目につく限り様々なものが収められていた。

そんなショーケース一つ一つがどこまでも高くそびえ立っていて、真上を見上げても終わりがない。数についても同様で、空間はどこまでも向こうに延び続け、それに伴ってショーケースも並び続ける。

『すごい……』

感嘆の吐息を漏らした。しかしクリスティーナは大きな首を左右に揺らした。

『ゆめじゃない。るうぇいんの、いしきのなか』

『え？』

『こっち、れべっか、はやく』

クリスティーナの鼻に背中を押されて、小走りに進む。ショーケースとショーケースの間を直線に進んでは直角に曲がり、別のケースとケースの間を進む。

だんだんおかしな音がしているのに気がついた。進むにつれて近づいてくるそれは、たとえるなら金属をハンマーで力任せに叩《たた》くみたいな、耳障りで不快なものだった。

発生源は私と同じ、真っ白な世界でひどく目立つ、色のついた『異物』。

ショーケースを棒状の金属で殴りつける後ろ姿に、にっこり微笑《ほほえ》んで声をかけた。

『ごきげんよう。昼間ぶりでしょうか。今日はよくお会いしますね』

サジャッド・マハジャンジガが、武器を取り落として振り返った。

『……な、んで？　は？　何が起きてる』

『ここで何をしているのか――いえ、今まで一体何をしたのか、教えていただいても？』

サジャッドが金属で突いていたショーケースに目を移す。突き破られてこそいないが細かい傷やへこみがたくさん入っている。その部分だけでない。この一帯は一面彼が殴って回ったのだろう形跡が見て取れた。

近づく私を怖がってサジャッドが後ずさる。

『なんだ、お前。どこから来た』

『失礼ですね、お忘れですか？　レベッカ・スルタルクですよ』

『いいや、本物なわけない。……精神の防御反応か？』

サジャッドは私の存在を理解しかねているらしい。私本人だとは考えてもいない。きっとこんなことは今まで一度もなかったのだろう。そもそも自分の能力が私にバレていることも知らないはずだ。

彼の予想に乗ってみたらどうなるのだろう。私はまるでサジャッドの言葉を肯定するかのように、ただ微笑んで沈黙した。

サジャッドが私の背後に控えるクリスティーナに目をやる。

『撤退か、クソ、最悪だ』

『その前に、ここで何をしたのか答えてください』

『見ればわかるだろ。何もできなかったよ。六週間も粘ったってのに……特にお前に関連する記憶や概念は傷一つつかないときた』

サジャッドはもはや私のことは見ておらず、独り言のように言い放った。

『心配ない。時間はある。次はもっとうまくやろう』

そして止める間もなく、転がっていた金属の棒で自分の胸を刺した。

その体がボロボロ崩れ始め、固まりがさらに細かい砂に変わって、ついには目に見えないほどの大きさになって消え去った。私はただ見ていることしかできなかった。

サジャッドの最後の欠片《かけら》が消失すると同時、床が突然ぐにゃりと溶けた。足が呑《の》み込まれる。反射的に引っ張るが抜けない。取り込まれるみたいにして、下半身が、胴が、頭がみるみる沈んでいく。

——まるで、異物を排除するみたいな動き。

『れべっか、るうぇいんがおきる！』

クリスティーナの嬉しそうな声を最後に、私の視界は真っ白な世界に完全に呑み込まれた。

はたと目を開ける。薄暗闇に浮かぶ白いシーツ。手のひらに誰かの筋肉質な体を感じた。がばりと身を起こす。

仰向けで寝台に肘をついた殿下が、きょとんと私を見ていた。その顔は憑《つ》き物がとれたように晴れやかで、同時に心底不思議そうだった。

「レベッカ………夜這《よば》いか？」

「違いますっ！」

即座に否定してから、その首に思いっきり抱きついた。

私を支えきれず押し倒された殿下が寝台に沈んで、「やっぱり夜這いじゃないか」と私の腰に手を滑らせたので、思いっきりつねってやった。

起き上がって、一連の出来事を捲《まく》し立てるように話す。その間グルーが殿下に一生懸命すり寄っていて、殿下は上体を起こして彼を撫でていた。クリスティーナは早々に近くで丸くなって寝始めた。

一通り聞き終わったとき、殿下は驚くでも怒るでもなく、見たこともないくらい残念そうに眉を寄せた。

「夜這いじゃないのか……」

「夜這いから離れてください」

ぴしゃりと言い放つ。すると何かを考え込むようにした殿下が、「今、何日だ」と尋ねてきたからびっくりしてしまった。

「この二、三週間の記憶が曖昧だ。寝ている間やつから意識を守っていたせいで慢性的な寝不足だったんだろう。まともに覚えているのはひどい頭痛としつこい吐き気と、あと――」

痛ましい状態に聞いているだけでも胸が苦しくなってくる。殿下がそんなふうに苦しんでいたのに、気づかなかった自分を恥じた。

が、その気持ちは次の瞬間霧散した。

「レベッカの最高の膝枕のことだけだ」

彼はとても重要なことを発表するみたいな、真剣な面持ちで言った。

「殿下、本当にサジャッドに何もされてないんですか？『破廉恥』とか植えつけられたりしてませんん？」

「そうかもな。じゃあこれはやつのせいだ」

「きゃあ！」

殿下は開き直り、いきなり私を自分の寝台に転がした。抵抗したら上掛けで包まれた。

布の海からぷはっと顔を出すと、今度は顔中にキスが降ってくる。

「もう、この破廉恥殿下！　寝台に引きずり込み殿下！　こういうこと去年もあった！」

「なんとでも言え」

顔を真っ赤にしてじたばたする私を、殿下はくつくつ笑った。自分も横になって私を抱きしめ、首元に顔を埋めてくる。

私はいい加減疲れてため息混じりに呟《つぶや》いた。

「殿下、問題が山積みですよ……」

「わかってる。明日から大忙しだ」

サジャッドは殿下の『夢』に入り込んでいたが、殿下が『昨日の夢がどこで何をしたものか』というその鍵になる情報をサジャッドに教えたわけはない。

『夢』に入り込む条件が間違っている――攻略本が間違っているか、シナリオにはない何かが起きているかどちらかだ。

前提にしていたものが間違っていた今、サジャッドの悪行の証明も、階段突き落とし事件の実行犯調査も、やり直しだ。

そもそも今のサジャッドは『不可解』の一言に尽きる。私を攻撃したり、キツく当たっていたエミリアを懐柔しようとしたり、殿下を洗脳しようとしたり、言動に筋が通っていなさすぎる。

「ずっと意識が朦朧《もうろう》としていたと言ったな」

殿下が急に話を切り出した。サジャッドの攻撃と戦っていた六週間の、最後の二、三週間の話だろう。

「はい」

「不意に意識が浮上することがあった。レベッカの膝で寝ているときだ。今考えれば、多分まともに寝ていたのはあの一時間だけだった。もう一歩も動けず寝台で寝ようとした日も、レベッカに会いたくて部屋に行った。あれがなかったら――」

殿下は顔を上げ、至近距離で私を見つめた。そしてはにかむように笑った。

「助けてくれてありがとう、レベッカ」

彼の頬を両手で挟んでぐいと引っ張る。その唇に自分のを寄せてから、目を丸くする彼を力いっぱい抱きしめた。

「……助けられて、よかったです」

殿下は起き上がろうとしたが、私がずびと鼻をすすった途端大人しくなって、また私の首元に顔を埋めた。

膝枕をしていたときと同じように金髪を優しく梳《と》かす。すると殿下はすぐに動かなくなった。深い寝息が聞こえてくる。

殿下の頭に鼻を押しつけ、私も目を閉じた。

この温《ぬく》もりを私から奪おうとしたサジャッドを絶対に許さないと、決意を新たにして。

8

突然だが、貴族に必要な素養とはなんだろうか。

ファバードン王国に限れば戦闘力は不可欠だ。さらに領地を経営する知識と手腕、戦になれば軍をまとめ上げる統率力、人の上に立つ者としてのカリスマ性。

そして、魔法への造詣の深さ。王国での暮らしと魔法は切っても切り離せない。そしてその研究は、毎年ある時期に突如飛躍的に進歩することがあった。

なぜって、王立貴族学園で『秋』、通称『魔法研究発表会』が開催されるからだ。

学生にもかかわらずレベルの高さはお墨付き。魔法研究の大家や権威もこぞって席を取り合うので有名だ。

そして本日は『秋』。王立貴族学園に、魔法大好きもはや変人のみなさんが集結する。

開始時刻、私は講堂の壇上に並べられた椅子の一つに座っていた。第一次選考をクリアし発表の権利を得た二十人の生徒の一人である。

威厳を持って現れた学園長が、全校生徒と来賓を前に開始に伴う挨拶を行う。

「学園ながらここは魔法研究の第一線でもある。『秋』で成功したことで研究者への道が開けることも少なくない。発表者の諸君、楽しみにしているよ」

深く無数の皺《しわ》が刻まれた顔が、緊張した面持ちの発表者たちに笑顔を向ける。学園長が席に着くのに合わせて、最初の発表者が歩み出た。

「みなさんこんにちは、エミリアです。今回私は、私が得意とする治癒魔法を少しでも多くの方々のお役に立てたいという思いからこの研究を行いました」

講堂が若干どよめいた。家名を持たない平民が一番手だったからでも、希少な治癒魔法使いであるからでもなく、その銀髪の少女がまるで清廉な聖女のように見えたからだろう。

私はエミリアの研究を知らない。この一ヶ月ほど、彼女はいつになく真剣だった。自然と身を乗り出す。

エミリアは講堂が静かになるのを待ってから口を開いた。

「みなさんは……筋肉にとって最も大事な栄養素を、ご存知でしょうか？　そう、たんぱく質です。私の研究は、純度の高いたんぱく質をさらに効果的に、素早く吸収されるよう改変した――飲むだけで、筋肉が露のごとく輝きを増す！　その名も増露輝飲《プロテイン》です！」

エミリアはそこで、仰々しく両腕を開いた。多分歓声的なものを待っていた。

私は呆気《あっけ》に取られてただ見ていた。

「っ、ブラボー！」

しかし、惜しみない賞賛を叫ぶ男たちはたしかにいた。生徒の一部や、魔法研究者にしては少々ごつい体つきをした者や、あと私の二つ隣のガッド・メイセンなどである。

エミリアは筋肉を愛する同士たちの喜びの声を聞き、『増露輝飲』の詳細や原理を嬉々《きき》として語って、満足げに自分の席に戻った。大半がぽかんとしていることはどうでもいいらしい。

「気を取り直して次の方――」

司会に気を取り直されているエミリアは置いておいて、『秋』が進んでいく。発表順はくじ引きだ。

得意の防御魔法を遠隔で離れた相手に付与することを思いついたキャラン・ゴウデスに続き、妹の幻獣と自分の幻獣の能力をより効率的に引き出そうとしたオズワルド・セデン、魔法教育の新たな構想を提唱したハンナ・ホートン。

特に殿下の発表のとき、会場は揺れた。

彼が説明したのは、相手に魔法をかけることで手持ちの地図が常にその位置情報を示すという、すごいし色んな場面で活躍できる魔法のはずなのに、

「王子、誰をストーカーする気なんですか？」と聞かずにはいられない研究だったからだ。

普段の行いなのか四方からちらっちら私に視線が集まっていて、走って逃げたくなった。

だが最も印象に残ったのは、サジャッド・マハジャンジガの研究だった。

「ご来場の皆さんは、自分の幻獣の能力を変えたいとお思いになったことは？」

その出だしに会場はざわめいた。エミリアのときとは違う、戸惑いが強いざわめきだった。

幻獣研究は王国ではメジャーな分野だ。その能力を任意に改変することなどできないというのが共通の認識で、常識だ。

「幻獣が主人の感情の影響を強く受けるのはご存知ですね？　突然変異と呼ばれる、新たな能力の発現がごく稀《まれ》にあることも。私はそれを人為的に起こしたい」

心当たりがあってはっとする。第一部の『夏』で、キャランの子熊が成体に変貌して襲いかかって

きたことがあった。

あれを自分で起こす？

サジャッド・マハジャンジガの発表は続き、最終的には現段階で成功することはなかったという結論に落ち着いた。研究としては不十分だし、大して褒められるものではない。

だが私はずっと背筋が粟立《あわだ》つような思いだった。サジャッドは私と殿下が彼の能力を正しく認識していることを知らない。

だから夢にも思っていないのだ。サジャッドが幻獣の能力の改変に成功した可能性に、私と殿下が思い当たることを。

――――彼のバクは突然変異を起こした。そしておそらく能力の発動条件がより簡単なものに変わった。

だけど、そこにはどんな『感情』があったのだろう。シナリオにはないサジャッドの何らかの激情が、現実をこうもシナリオから乖離《かいり》させた。

「では、最後の発表者です」

司会の声に、思考を中断する。私は背筋をピンと伸ばして立ち上がった。

『秋』の次の日のことだ。私はメリンダと二人で校舎の廊下を歩いていた。フリード様がこうだったああだったと話す彼女を遮って声をかける。

「ねぇメリンダ、私が落ちた階段行ってもいい？」

「えっいいけど……また落ちないでよ」

メリンダは階段までの道のりでまたフリードの話を始めた。もう結婚式の日程を決めたらしい。

階段に着いて、その全体を見下ろした。今は授業の空き時間で生徒によっては授業がある場合も多いから、例の階段はあの日と同じようにひと気がなかった。

直線状にまず八段、踊り場を挟んでまた八段。これを全て転げ落ちたのかと思うとぞっとする。

「レベッカ、手すりに掴《つか》まってよね」

メリンダが階段を降り始めた。追いかけて後に続いた私だが、踊り場で立ち止まった。濃紫の絹糸のような髪が美しい親友の後ろ姿を、見送るような気持ちで見つめる。

「メリンダ、フリード・ネヘルのこと、好き？」

「ええ、大好き」

彼女は階段を降りていきながら答えた。

「かっこいいと思う？」

「ええ、とても」

振り返りもせず、止まりもしない。

「世界で一番？」

「ええ、もちろん」

「――――そう、それよ」

やっとこちらを向いたメリンダに、噛《か》んで含めるように告げる。

「メリンダ・キューイはね、男性の好みが変なの」

「えっなに？　急に喧嘩《けんか》売ってる？」

メリンダは「受けて立つぞ」と言わんばかりに袖を捲《まく》るような動作をしたが、私が笑わないのを見て変に思ったらしい。蜜を塗り固めたみたいな瞳が瞬《まばた》きをしながらこちらを見ている。

夜空を思わせる色合いの彼女が、私は昔から大好きだ。初めて会ったのは王都の劇場だった。メリンダがそのとき、美形で有名な俳優のことを「六十二点」と切り捨てて、大笑いしたのを覚えている。

――なのにメリンダは、あの日私が階段から落ちる少し前、サジャッド・マハジャンジガは「見た目が良い」と口にした。

「最初は漠然とした違和感だった」

私が階段から『落ちた』とき、「誰もいなかったわよね」と、『突き落とされた』ことが前提の第一声を発したり。

彼女の幻獣は耳がいいのが特徴で、小さな音もたくさんの音も聞き分けられるはずなのに、『夏』で人だかりに阻まれた私の声を拾ってくれなかったり。

『夏』でサジャッドが、まるで私に見られていることを誰かに知らせてもらったかのような振る舞いをしたり。

目の前のメリンダは訳がわからないという顔だった。そこに嘘《うそ》はない。

私は私で、一人で答え合わせをするように話し続ける。

「ずっと考えてたの。なんでフリード・ネヘルは、私が階段から突き落とされたとき、助けるどころか安否の確認にも来なかったのか」

フリードは真面目な男だ。殿下に心の底からの忠誠を捧《ささ》げているのを知っている。

――だから考えなかった。

フリードの、「誰もレベッカ嬢の背中を押したりしていない」というあの証言が、嘘である可能性。

「私は最近知ったんだけれど、メリンダ、あなたの恋人はとても愛情深い人なのね」

ついこの前、男子寮の食堂で見たフリードの姿を思い出す。メリンダへの愛は揺るぎなかった。でも同時に、確かに何かに迷っていた。

彼は優秀だ。殿下の婚約者に危険があれば何をおいても助けに来るはずだ。

一歩も動けなくなるような衝撃的な出来事が、彼の身に起きさえしなければ。

――――たとえば。

愛してやまない自分の恋人が、その親友を階段から突き落とすのを目撃する、とか。

「と、いうわけで――私の親友の頭の中から出て行ってもらうわよ、サジャッド・マハジャンジガッ！」

私が叫ぶと同時、階段の下側の角から銀髪の少女が姿を現した。両手にみなぎらせているのは輝くばかりの救いの光――エミリアの十八番、治癒魔法だ。

メリンダが振り返った。近づいてくるエミリアに気づいた。その瞳に浮かんだのは『恐怖』だった。

『アレから逃げなければ消される』という生存本能だった。

メリンダが脱兎《だっと》のごとく逃げ出す。私に向かって走ってくる。私はそれを止めようと思った。

しかしそれより先に、私とメリンダの間に影が割り込んできた。上の階から飛び降りてきたその男は、黒いローブを翻して、今度こそ私を庇《かば》って立った。

すかさずエミリアがメリンダの手を両手で握る。強い光が染み込むようにメリンダの体全体に広がっていく。彼女に巻きついていた魔力の鎖が今、治癒魔法によって可視化した。

それが全て光に溶けて塵《ちり》となり消えた瞬間、メリンダ・キューイが目にしたのは、今にも泣き出しそうに自分を覗《のぞ》き込む恋人だった。

「……あれ？　やだフリード様、どうしたの？」

メリンダがフリードの頬に手を伸ばし、たった今流れ落ちた雫《しずく》を指で掬《すく》い取る。

フリードはメリンダを抱きすくめた。彼女の背骨が折れるのではと心配になるほどの力だった。そしてくぐもった嗚咽《おえつ》を漏らした。

私はその広く黒い背中に声をかけた。

「男子寮の食堂で会ったとき、あなたが何を考えているのかも知らず、色々言ってごめんなさい」

フリードが振り返り、澄んだ水色が私に向けられる。瞳が少しずつ溶け出して雫になっているみたいな泣き方だった。

サジャッドの能力のことをフリードは知らない。だからこの数ヶ月間、彼はメリンダが主人の婚約者を害する罪人である疑惑を持ち続けた。

しかし二人は恋人のままだった。メリンダが『肝試し』を怖がれば抱きしめ、『夏』は二人で回って、休日はデートに行った。

それだけではない。フリードはあの日、メリンダと正式な関係を結ぶことを、婚約どころか結婚することを決めた。異例の学生結婚を決意して、自分とメリンダがこれから先引き離されないよう手を打ったのだ。

「メリンダと一緒になる覚悟がない」というフリードの言葉を思い出す。

あの日フリードが決めた覚悟とは、メリンダのために全てを捨て、地獄まで添い遂げる覚悟だった。

フリードはメリンダを離すと、私の前に跪《ひざまず》いてこうべを垂れた。

「俺は、殿下を、裏切った。恋人と主人を、天秤《てんびん》にかけ、恋人を取った。許されることではない」

ぽたぽたと床に彼の涙が落ちていく。メリンダが訳もわからないままそのそばに寄ろうとするのを、エミリアが止めた。

第一王子の婚約者は次期王妃。それを攻撃するのは国家への反逆で、その犯人を庇い立てするのもまた然《しか》り。たしかにこれは大きな問題なのだ。

私は判断を仰ぐため、振り返って上の階を見上げた。第一王子ルウェイン・ファバードンは、そこで全てを見ていた。

「フリード・ネヘル。『恋人と主人を天秤にかけて恋人を取った』と、そう言ったな」

「はっ」

フリードは跪いていたところからさらに頭を下げた。額が床につきそうだ。釈明も何もせず、ただ主人の言うままの罰を受け入れようとしている。

そんな腹心を見下ろして、第一王子は——私の恋人は、口を開いた。

「俺は、自分にできないことを人に求めない」

一拍置いてフリードが顔を上げる。「信じられない」とその顔に書いてあった。ローブのフードで顔を隠すのが常の彼は、感情を抑えるのに慣れていないらしい。

殿下は階段を降りてきて私の手を取った。

「特例だ。次はない」

「はっ……」

フリードが再び頭を下げる。私は安堵《あんど》しながらメリンダに向き直った。

「メリンダ、信じられないかもしれないけど、あなたはサジャッド・マハジャンジガに洗脳されてたの」

「えっまじ？　嫌だ、あんな男に？」

メリンダは飄々《ひょうひょう》と現実を受け入れた。話が早くて助かる。

「それで、五月頃彼に話しかけられたって言ってたじゃない？　何を話したか覚えてない？」

「うーん、何かしてあげようか的なこと言われたけど、レベッカに断れって教わってたから——」

首を捻《ひね》るメリンダ。だが聡明な彼女は、自分が言ったことをちゃんと覚えていた。

「『夢』なら間に合ってるので結構です、って言って逃げたわね」

エミリアが吹き出した。セールスを断るノリで拒否されるサジャッドを想像したのだろう。

殿下と顔を見合わせる。殿下が二ケ月ほど前、サジャッドに話しかけられたときに言ったのは、

「俺に『夢』を見せようとするのはやめろ」だった。

これではっきりした。サジャッドは相手に『夢』と言わせることをトリガーにしている。

「みんな、サジャッドの前で『夢』と口にしてはだめ」

私の言葉にエミリアとメリンダとフリードが神妙に頷《うなず》く。エミリアとフリードには、攻略本のことなどは伝えず、サジャッドのことだけを伝えてここに連れてきた。

「エミリア、申し訳ないのだけれど、しばらく生徒に無差別治癒魔法をかけてくれない？　あとメイセン様にもサジャッド・マハジャンジガのことを伝えてほしいの」

「レベッカ様のためなら！」

エミリアが頷く。彼女の治癒魔法が効いたのは僥倖《ぎょうこう》だった。

洗脳はつまり『状態異常』。『夏』で私の大ファンにされた人たちは、エミリアが実験的にすれ違いざまに行った治癒で元に戻すことができた。

だが、それは既に洗脳されている状態の話。この六週間の殿下のように今まさに頭に入り込まれている時点では『攻撃』だから、治癒魔法で取り除くのは難しいだろう。

殿下がメリンダを見ながら私に耳打ちした。

「レベッカ、被害者を探し直そう」

「そうですね……」

サジャッドの洗脳を受けて良からぬことをした最初の人間はよりにもよって私の親友で、内容は第一王子の婚約者への攻撃。

もし引き合いに出して、サジャッドのせいだと証明できなければメリンダがまずい立場になる。この件では泣き寝入りするしかないだろう。

「でもトリガーと対処法はわかりました。次彼がアクションを起こしたら、今度こそ追い詰めましょう」

「ああ」

尻尾を掴んでも本体はしゅるりと逃げていくトカゲのような男。時間がかかろうと、必ず捕まえてみせる。

9

「見ててね、いくよ……ふんッ……！」

解放感に満ちた放課後の教室。窓の外を見れば爽やかな秋晴れ。寮の部屋には読みかけの小説。三拍子揃《そろ》ったまさに絶好の外に出たい日和の今日この頃。

なのになぜ私は今、リンゴを素手で握りつぶそうと真っ赤な顔で力む少女を見させられているのか。

ちなみにエミリアではない。

「ぐっ……ぐあああ！　っしゃ、割れたよ！　見たよね!?」

「ええ……おめでとうございます……」

ジュディス・セデンは、やりきったと言わんばかりの良い笑顔で額の汗を拭った。

「四月にあたしが言ったこと、覚えてるかな？　リンゴ素手で割れるようになったから、もっかい料理教えてくださいっ！」

対する私は、それはもう疲れ切った笑顔だ。こんなイベント、攻略本になかったぞ。

地獄の料理イベントバージョン2。今回は開催場所が学園の調理室に変わった。人数が増えたからだ。私、エミリア、メリンダ、ジュディスの女子四人は変わらず、殿下、ガッド、フリードという彼氏三人が加わった。

白いレースのエプロンを着ながらメリンダに耳打ちする。

「殿下が見てるなら私は普通に作るわ」

「私も。フリード様がいるなら」

間違ってもエミリア方式で料理を作ってるなどと彼に思われたくない。その気持ちが一致している
メリンダに相談したのは成功だった。

スムーズに私とメリンダ、ジュディスとエミリアという二グループに分かれる流れになる。

男性陣はすぐ近くで一つの机に座っている。ガッドと殿下の会話が聞こえた。

「今日もエミリアさんは可憐《かれん》ですね」

「そうか、具体的にはどの辺がだ？」

「全体的に……キラキラと輝いて見えます」

「俺には全体的にムキムキしているように見える」

二人しかいないような内容の会話だが、三人である。フリードが沈黙しながら一応座っているので。

エミリアがキラキラかムキムキか決めようとしている彼らは置いておいて、私はメリンダと顔を突き合わせて相談を始めた。

「メリンダ、何作る？」

「男の胃をガッと鷲掴《わしづか》みにできるもの」

「賛成。なら肉ね」

私が玉ねぎを、メリンダがにんじんとじゃがいもを掴む。学園での食事は食堂で済むので貴族令嬢は料理ができないのが普通だが、私が料理ができるのは母の影響、メリンダは私の影響である。

「レベッカ」

「なに？」

それぞれ野菜を洗って皮を剥《む》いて刻んでいたら、メリンダが包丁から目を離さないまま呟《つぶや》いた。

「私が洗脳されていた間にあなたに何をしたか聞いたわ」

「謝らないでね」

私は私で野菜を刻む手を止めず、先回りして言う。

「あれはサジャッド・マハジャンジガのせいであってメリンダのせいじゃない。そんなことで謝らないで」

「……」

返事がないので向かいを見上げた。親友は蜜色の瞳を揺らして、しゃくり上げそうな喉を押さえていた。

「泣かないでよ……」

「泣いてない……玉ねぎのせい……」

「玉ねぎ刻んでるのはメリンダじゃなくて私よ」

軽く手を洗ってから彼女を抱きしめる。代わった方がいいかと思ってフリードに目をやったが、「どうぞ」というジェスチャーをされたので遠慮なくいく。

メリンダはひとしきりポロポロ涙を流した後、いきなり小さくお腹《なか》を鳴らした。

「泣いたらお腹すいた……早く作りましょ」

「ええ」

メリンダが玉ねぎを炒《いた》める。私はじゃがいもとにんじんを茹《ゆ》でつつひき肉の味つけを始めた。炒め終わった玉ねぎを肉に投入して、パン粉と牛乳を加えたら混ぜ合わせる。空気を抜いて形を整えてこんがり焼き上げ、続いて手早くソースを作る。

皿にでんと盛った肉の横につけ合わせの野菜、そして上からソースをたっぷりかければ、肉料理の王様・ハンバーグの出来上がりである。

「うん、よくできた」

メリンダと笑い合って、人数分のそれを殿下たちの机に運んだ。狭いがギリギリ七人で座れるだろう。

実食と行きたいところだが、エミリアとジュディスがまだだ。

二人の調理台を振り返った私は言葉を失った。今まさに彼女たちの料理が佳境を迎えていたのだ。

エミリアが小麦粉から作ったらしき巨大な生地を頭上で回転させながら薄く伸ばしている。ジュディスは調理台に乗せた同じような生地を、木製の棍棒《こんぼう》のようなもので殴り倒していた。

「えっ、なに、なんの儀式……？」

「スイーツ作りだそうだ」

唖然《あぜん》として呟いた私に返事をくれたのは殿下だった。指をさしながら今一度確認する。

「あれがですか？」

「ああ。ガッドはあのエミリアも『これ以上ないほど可憐』だと思うらしい。末期だな」

殿下は理解できないものを見る目でガッド・メイセンを見た。私も同じような視線を送る。あれを見ても引かないとは、恋は盲目というやつだろうか。

ガッドは眉を寄せて反論した。

「それを言うならルウェインですよ。この前の『秋』で開発したストーカー魔法、『レベッカなら使っても怒らない』とか言うんですよ。そんな人いないでしょうに」

私は口をつぐんだ。実際に使われているのかは知らないが、別に位置情報を知られても困らないしいいかなとか思っていた。人のことを言えないのかもしれない。

すると今日まだ一度も口を開いていなかった黒ローブが突然会話に参加した。

「メリンダは、綺麗《きれい》だ」

それだけ言って終わりだった。ヤマもオチもない。私と殿下とガッドの困惑の視線をものともせず、メリンダがフリードの腕にしがみつく。

「やだあ、フリード様ったら」

語尾にハートマークがついて聞こえる。いつもサバサバした親友のこんな姿は正直見たくなかった。

「どいつもこいつもバカップル……」

振り返る。低い声で怨嗟《えんさ》を吐き捨てたのはジュディスだった。手には出来たてのスイーツを持ち、いつも元気にきらめいている目が死んでいる。

「ごめん……」

私は居た堪《たま》れなくなって心から謝罪しつつ、ジュディスとエミリアが運んできてくれた皿をテーブルに並べた。

「いただきます！」

全員で手を合わせる。各々まずはフォークとナイフを手にハンバーグに取りかかった。

男性の胃を満足させるのに繊細な味つけは必要なく、とりあえずデカい肉でいけというのはもちろん偏見だろうが、やはり効果はある。

ナイフで切れ込みを入れれば肉汁が溢《あふ》れ出す、出来たてのハンバーグ。

殿下がそれを切り分けて口に運び、満足そうに咀嚼《そしゃく》するのを、私はこれまた満足そうに眺めた。

「旨《うま》いな、レベッカ」

「たくさん食べて大きくなってくださいね」

もはや母性めいたものを感じていたせいで出た一言に、メリンダが「それ以上？」と反応する。殿下は素直に頷《うなず》いたのでよしとする。

ハンバーグはみんなの皿からあっという間になくなって、ジュディスがレシピを欲しがったから書いてあげてから、今度はスイーツだ。

「じゃーん！」

エミリアが鼻高々に出したのは三種類のパンだった。オレンジピールとチョコレートが練り込まれたドーナツ、この前と同じアップルパイ、そしてクロワッサン。一つ一つが小ぶりで、飽きることなく美味《おい》しく食べられる量になっている。

早速口にして、私は顔を輝かせた。

「美味しい……！」

中心となってこれらを作ったであろうエミリアはさすがの女子力だ。いや、クロワッサンを作る能力はもはや女子力ではなくパン職人の能力の気もするが、とりあえずさすがだ。

だが美味しさに感動しているのはその場の半数くらいだった。

「なぜ……」

そう呟いた殿下に、何があったかを理解する。きっと筋肉ッキングの洗礼を受けたのだ。これに関しては学園七不思議にした方がいいと私も思っている。

超常現象を理解しようとしても無益なので、ジュディスに前から思っていたことを聞いてみる。

「ジュディスはどうして料理ができるようになりたいと思ったの？」

パンを前に全力で首を捻《ひね》っていたジュディスが、心臓が飛び跳ねたと言わんばかりに狼狽《うろた》える。

「いや、その……お兄ちゃんが……」

「オズワルド様が？」

急に出てきたオズワルド・セデンに首を傾《かし》げる。ジュディスが続きを言うのを躊躇《ためら》えば躊躇うほどみんなの視線がジュディスに集中する。

「美味しく作れたら食べてやるって、言うから……」

ジュディスはリンゴみたいになった顔を覆い、限界まで体を縮こまらせながら言った。

私は彼女を健気《けなげ》だと思うと同時に、家に帰ったら久しぶりに攻略本に書き込みをしようと思った。

ジュディス・セデン――五高、第二学年、緑色の髪と瞳、幻獣は蚯蚓《みみず》、オズワルド・セデンの妹、備考：料理が殺人級『、ブラコン』

＊＊＊

恋人の部屋を訪ねる頻度というのはどれくらいが一般的なんだろう。世の恋人たちの平均はわからないが、私が殿下の部屋にいるのは、今日で今週三回目だ。

私は殿下の机で今日授業で教わった範囲の復習をしている。

冬の試験はまだ先だが、今回は必ずやガッドを下して、「恋人ができて浮かれているのでは？」的なことを言いたい衝動を持て余しているからだ。

殿下はそんな私の隣に座って、私の髪の毛を弄っている。

「なあ、レベッカ」

「はい」

「結婚しようか」

「はい。――――――え？」

殿下が「明日デートに行こうか」くらいのノリで言うものだから、普通に返事をしてしまった。

ノートを見返す手を止め、机に肘をついて私を見つめる殿下に向き直る。

「いつです？」

「春季休暇中はどうだ？」

頭の中でカレンダーをめくる。今が十一月だから、

「五ヶ月あるかないかくらいですね」

「間に合うだろう？」

「ええ」

春なら殿下は十九に、私は十八になる年だ。早いは早いが片方が学園を卒業しているならまだセーフかもしれない。

再び殿下を見つめる。

『私には殿下しかいない』というのは前から重々わかっていたことだ。

だがそこに、『殿下にも私しかいないらしい』が加わったのは、ごく最近のことだった。

「しましょうか、結婚」

たとえば、殿下を狙う傾国の美女が現れたとしても私は引かない。なんなら殿下が惹《ひ》かれても惚《ほ》れ直させて取り返そうという気概すらある。

殿下が私の頬に手を添えた。親指が感触を確かめるように肌を撫《な》でる。

彼があんまり幸せそうな顔で私を見るから、今更恥ずかしくなってきた。驚かないところを見ると断られないのはわかっていたらしい。

じわじわ赤く染まる頬をごまかすように口を開く。

「公爵家には私から連絡しますね」

「頼む。日取りはそちらの予定に合わせよう」

これから結婚する男女らしいやり取りにさらに羞恥心が高まったのは秘密だ。

その日の夜のことだ。窓の外に美しい鷲《わし》が現れた。言わずもがな、グルーである。こんな時間に珍しいと思いつつメッセージカードを受け取った。

『母上が結婚指輪の参考に王都で指輪を見てこいと仰せだ。次の休日を俺にくれないか』

「デートだ！」

思わず声を上げる。ちゃんとデートしようと決めて行くのは夏季休暇ぶりだろうか。

私は親友二人の部屋を訪れた。初デートのときからずっと今でも、デートの服装には彼女たちのアドバイスが必要だ。

だが。

「ずるいです、私は最近レベッカ様とお出かけしてないのに……」

メリンダと共に私の部屋に来たエミリアが、突然はらはらと涙を流し始めたではないか。

「え、な、泣かないでちょうだいエミリア。三人でもお出かけしましょう」

「今週のお休みの日ですか……？」

「いえ、その日は殿下となの、だからその次の――」

「うぅ……」

「一緒に！　一緒に行きましょう！　今週末に、四人で！　メリンダもそれでいいわよね！」

私はこのとき、たいそう慌てていた。エミリアは一体何をそんなに思い悩んでしまったのか。私は何かしてしまったのだろうか。

メリンダが呆《あき》れたように口を開く。

「私はそれで構わないけど。友人の騙《だま》されやすさと、もう一人の友人の演技力にはちょっと引いてるわ」

「え」

エミリアが銀髪を揺らし、ぱっと顔を上げた。目からボロボロ涙が出ているのに笑っている。それはもうニコニコしている。

「これ最近できるようになったんですぅ！　すごくないですか！　秘技、お天気雨っ！」

屈託なく笑うエミリアを呆然《ぼうぜん》と見つめた。

次いで「今週末でいいんですよね」と確認されたとき、私は手近にあった枕で渾身《こんしん》の攻撃をお見舞いし、応戦したエミリアと面白がったメリンダによってただの枕投げ大会に早変わり、その後軽く一時間は続いた。


日曜日の朝、早くに目が覚めた。先日の突発的枕投げ大会のあと選んでもらった服に袖を通す。首が詰まった柔らかい白色のニットと、ふわっと広がるミントグリーンの膝丈スカート。ニットの裾はスカートの中に入れて、髪はハーフアップにする。ビジューのイヤリングをつけ、羽織りものも持って、軽くお化粧をすれば完成だ。

鏡の中の自分を見て、やっぱりエミリア（とメリンダ）に任せて正解だったと確信する。

エミリアは「何でも似合うんですけどね！」と謎の念を押しつつ、なんだかんだ真剣に服を選んでくれるが、メリンダは「去年の舞踏会のときの殿下は面白かったわね。今回も攻めましょう」と意図的に暴走を始めるので、『エミリア（とメリンダ）』である。

待ち合わせは学園の門だ。休日の朝早く、生徒どころか職員もいない静かな道をてくてくと歩いて行った。

殿下は四人で行くことを意外とあっさりと了承してくれた。メッセージカードには『レベッカと結婚できるなら大体のことはなんでもいい』と書いてあった。

不意に足を止める。あと一歩踏み出してこの角を曲がれば、門が見える。今は待ち合わせの三十分前だ。でも殿下はもういる気がした。

顔は変じゃないだろうか。髪は。服装は。会ったらまずなんと声をかけようか。

――なんか、緊張してる。

結婚すると決めたからだろうか。改めて顔を合わせるのが恥ずかしい。でも嫌な緊張ではない。早く会いたいのと半々だ。

最後にもう一度だけ髪を軽く整えようと思ったとき、近くで「ジャリ」と音がした。はっと顔を上げる。

すぐ前の角から顔を出した殿下が、とびきり優しく微笑《ほほえ》んで私を見ていた。

「なあレベッカ、そのままでもう十分可愛《かわい》い」

ぶわっと顔が赤くなる。薄手の黒いコートにタートルネック、細身のパンツに身を包んだ殿下が、私に向かって腕を広げる。

ちょっとしたいたずらを思いついて、彼の腕の中に飛び込むふりをして寸前で顔を上げた。その上着の裾を掴んで軽く引き寄せ、できる限りの伸びをする。

顔を離して目を開けたら、手の甲で口元を押さえた殿下がいた。

「殿下、今日も好きです」

「俺も好きだ……」

力いっぱいぎゅうぎゅう抱きしめられた。髪にキスが降ってくる。

「レベッカは釣った魚に餌を与えるタイプだな……」

「もちろんです。フルコースでもてなします」

離れようとしたらより強い力で抱きしめられた。その拍子に近くにある殿下の耳が赤いのがわかって、わっと声を上げる。

「殿下、殿下！　もしかして照れてますか!?　顔が見たいです！」

「自分だって顔が赤いくせに……」

「それはそれです！」

私たちの攻防はその後も続いて、近くを法学科のストーンズ先生が通るまで続いた。

エミリアとメリンダが来てから王都に向かう。久しぶりのそこは以前と変わらず賑《にぎ》わっていて、たくさんの人の笑顔で溢れているように思う。

ちなみに殿下は町を歩くとき、護衛もつけないし変装の類《たぐい》も一切しない。護衛がいらないのはわかる。彼はほぼ最強だ。

だが変装をしないことに関しては、初めてのデートで「意外と大丈夫だ」と言われてもかなり訝《いぶか》しんだ。

だが意外にも本当に大丈夫なのだ、これが。

道行く人はみな一度殿下を見てギョッとするのだが、「いやこんなところにこんな普通に王子がいるわけないな」と思い直す。それか美形すぎて目の錯覚か何かだと思う。斜め四十五度の「大丈夫」だが、慣れてしまえばこっちのものだ。

「ごめんなさい、あれ買ってきてもいい？」

途中でそう口にしたのはメリンダだった。フリードに似合いそうな何かを見つけたのだろう。

メリンダはよく「あれはフリード様に似合う」と言ってはちょっとしたものを買っているが、それはあのローブに似合うということなのだろうか。それとも素顔に似合うということなのだろうか。地味に気になっている。

一人で行こうとする彼女を止め、エミリアについていくように頼む。

殿下と二人でベンチに座った。

「レベッカ」

「はい、殿下」

「尾《つ》けられているな」

「はい」

人が多すぎて正直自信はなかったが、殿下が言うなら間違いない。

殿下がふうと息を吐いた。何事もないような自然な様子で立ち上がる。

「レベッカ、今日は王都に『あの男』が来ているらしい。すぐ気がついてこっちに来るだろう。俺は不審者と話をつけてくるから、それまでそいつと待っていてくれるか」

「？　はい」

「あの男」とは誰だろう。よくわからないが頷くと、殿下は私の頭を一撫でしてから歩いていった。

もしも私が乙女ゲームの主人公なら、一人になった瞬間すぐにでも複数の男に声をかけられるのだろう。どこからか湧いたタチの悪い男たちに、妙にしつこく誘われたりするのだ。

たとえばこんなふうに。

「驚いた、君、とても美人だな！」

背後からかけられた声。しかしその口説き文句は、私が想像していたものと幾分違った。

何よりその声は、私のよく知る人のものだった。

「それも、俺の妹によく似た美人だ！」

勢いよく振り返る。満面の笑みの彼に思い切り抱きついた。

「兄さま！」

私の兄、ヴァンダレイ・スルタルクはそんな私を力強く受け止め、子どもにするみたいにふわりと一周回してくれる。

「やあレベッカ、久しぶりだな！　こんなところで会えてとても嬉《うれ》しい！」

「私もです！」

最後に会ったのは夏季休暇だ。何も変わりなくて安心した。殿下か親友たちが戻ってくるまで、今度は兄さまと並んで座る。

「なるほど、殿下は曲者《くせもの》を見つけに行ったのか！　レベッカを一人にしてどこかに行くものだから正直焦ったぞ！」

「兄さまが殿下に信頼されている証拠ですね」

笑顔で言った。他愛《たわい》もない話で心が和む。

「ところでレベッカ、結婚するのか？」

「っ、けほ」

「大丈夫か！」

和んでいた最中なのに自分の唾でむせてしまった。まだ公爵家には手紙を書いている途中なのだが。

背中をさすってくれた兄さまは、なぜかそのまま私を抱え上げた。

「レベッカ、結婚前に逃避行といこう！　どこに行きたい？　何でも叶《かな》えるぞ！　このヴァンダレイ・スルタルク、三強の称号は伊達《だて》じゃない！」

「兄さま!?　私別に逃げたいとは――」

「レベッカよ、それ自体はまあ口実というやつなのだ！　俺は基本いつでも殿下に苦難を与えたい！妹を奪われる恨み、『はらさでおくべきか』！」

「母さまの口癖――！」

慌てて身を捩《よじ》るが、兄さまの手は優しいのに全く抜け出せない。抵抗虚《むな》しく炎のたてがみを持つ馬が颯爽《さっそう》と現れた。兄さまの幻獣である。

私を乗せて走り去る幻獣、その主人は三強。ここに近年類を見ない最強の誘拐犯が誕生した。私はその間、舌を噛《か》まないよう心の中だけで殿下とエミリアとメリンダに謝っていた。


「それでここまでいらっしゃったんですか？　ヴァンダレイ様はいつも想像のつかないことをされますねぇ」

稲穂のような煌《きら》めく金髪の女性が、上品な調度の部屋でこれまた上品にころころ笑っている。

そのご令嬢、セクティアラ・ゾフ様はさすがである。こんなことに巻き込まれても慌てる様子もないとは。器の大きさが尋常でないし、大変可愛らしい。

馬に乗った兄さまが私を連れてきた先、そこは立派なお屋敷だった。ゾフ侯爵家はさすが指折りの有力な家なだけあって、王都にここまで大きな別宅があるらしい。

敬愛するセクティアラ様との再会はとても嬉しい。だがタイミングがタイミングだ。

「兄さま、せめてエミリアとメリンダを連れてきてもいいでしょうか……」

「それならもう手配済みだ！　間もなく来るはずだぞ！」

「……」

なぜそこは有能なのか。兄さまの言う通り、すぐにエミリアとメリンダが到着した。

「レベッカ、あなたのお兄様なかなかぶっ飛んでるわね」

「お願い、何も言わないで……。フリード様へのプレゼントは買えたかしら」

「ええ、あの……お待たせ」

メリンダは半ば目が死んでいる。エミリアの目は大きなお屋敷を見ていることで輝いている。

私はなんだか疲れが出てしまって、メリンダと二人で大きなため息をついた、そんなときである。

……ヒュッ、ドオオオオンッ！

轟音《ごうおん》がした。お屋敷というか、地面が揺れている。いやまさか。

「妨害はしておいたのに、思ったより早かった！　さすが殿下だ！」

「ヴァンダレイ様、行かれるのですか。ご武運を。お屋敷は可能な限り壊さないでくださいね」

「ああわかった！」

兄さまが満面の笑みで立ち上がり、セクティアラ様が見送る。慌てて後を追おうとした私をセクティアラ様が止めた。

「直接行くのは危ないです。西側の窓から見られると思います」

指示に従い、エミリアとメリンダと一緒に窓の下を覗く。

「え、魔王……？」

それは誰の呟きだったのか。多分全員そう思っていたのでわからない。

暴風と共に屋敷の敷地に入ってくる殿下は、雰囲気が黒すぎてもはや魔王だ。それに大剣を構えて対峙《たいじ》し、気丈に笑う兄さまは、声は聞こえないが勇者さながらだ。

とりあえずとても手を出して無事で済むような雰囲気ではない。私たちは固唾《かたず》を飲んで二人の対面を見守ることにした。

＊＊＊

ヴァンダレイ・スルタルクは二メートルはあろうかという大剣を肩に担ぎ、屋敷への入り口を塞ぐようにして立った。ゆったりとこちらに歩いてくる、嵐の中心のような男を正面に見据える。

ヴァンダレイは才物だ。優秀な彼は、自身の妹と結婚する相手として、目の前の男ほど良い相手がいないことをちゃんとわかっている。

そして、その男がこれ以上ないというくらいにレベッカを愛していることも。

だが人には情というものがある。レベッカ十歳、ヴァンダレイ十二歳のとき別れたことで、以前レベッカはヴァンダレイに距離を感じていた。

しかし本人たちも気づいていない事実として、本当に心が追いついていないのはヴァンダレイの方だ。

彼の中でレベッカは未《いま》だ十歳の少女。自分の後ろをとてとてとついて回る、命より大事な、守ってあげなければいけない妹。

簡単に嫁に出せるわけがない。

「妹との結婚を考えているそうだな」

「ああ」

「覚えているか、去年『冬』で貴方《あなた》と俺との勝負の決着はお預けだった」

「ああ」

「今度こそ、これに貴方が勝ったら、スルタルク公爵家は貴方を認めよう」

「ああ――参る」

しかしヴァンダレイももう腹を括《くく》らなければいけない頃だ。

こうやって度々仕掛けてきた勝負。去年の『冬』より前もあったそれらを、ルウェインは一度だって受けなかったことがない。

今日もレベッカたちを尾けていた人間はヴァンダレイの差し金だ。ルウェインがわざわざヴァンダレイのシナリオに付き合ったからこそ、今二人はこうして対峙しているのだ。

そんなことはどれもこれも百も承知で、それでもヴァンダレイは剣を振るう。炎と風を乗せ、逆巻く竜巻をまとってルウェインに突っ込んでいく。

ヴァンダレイ渾身のそれを、ルウェインは正面から受け止めた。力を込め相殺して、自分の魔力で押し返す。

ルウェインの攻撃を受け流して追撃するヴァンダレイ。それを避《よ》けることはせず、全て自分の魔力で弾《はじ》くルウェイン。

互いに一際大きい魔力と魔力がぶつかり合った刹那、一瞬の静寂がその場を覆った。

暴風が真上に突き抜けて雲を散らす。木々が大きくしなり、目を開けていられないほどの衝撃波がその場を、屋敷を、二人を襲う。

それが収まったとき、ヴァンダレイが見たのは青い空だった。硬い地面に背がついていた。

自分が倒れていることに気がつくのに数秒を要した。

足音が近づいてくる。彼を見下ろすようにして、ルウェインはしっかりと立っていた。相討ちという最後の可能性が消える。

「――――俺の負けか」

「ああ」

「強いなあ、貴方は」

「ああ」

「それだけ強いなら、俺の妹を守れるか」

「もちろんだ」

ヴァンダレイ・スルタルクは才物だ。優秀な彼は、ルウェインの学園生活で一番の好敵手だった。

そして今、初めて敗れた。

ヴァンダレイは一度固く目を閉じた。己が負けた事実や、妹が誰かのものになることや、それが一国の王子である現実が彼の頭の中で巡る。

再び目を開いたとき、彼はやっといつものように笑った。

「殿下、約束通り、スルタルク公爵家は貴方とレベッカの婚約を認めよう！」

「ああ――――ちょっと待て。まだ婚約を認めていなかったのか？　そこは結婚を認めろ」

「それならまずはうちの父を倒してくれ！　強いぞ、父上は！」

「今『まずは』と言ったか？　あと何人控えている？　ガードが厚すぎるだろう」

珍しく疲れ切ったと言わんばかりのルウェイン。ヴァンダレイは思わず声を上げて笑った。やっと大事な妹をこの男に託すことができそうだった。

それなら自分も、待ってくれている愛《いと》しい婚約者に求婚をするいい時期だ。卒業して数ヶ月、父の仕事の手伝いと諸々《もろもろ》の準備で王都に留《とど》まっていたが、公爵家領に帰ろう。できることなら彼女を連れて。

そして妹のため、この義弟のため、いつでも力になってやれるようきちんと公爵家領を治めねば。

彼はそんなふうに考えつつ、屋敷の窓から自分たちを見ていた妹と、その一つ上の階の窓から不安げに自分を見ていた婚約者に、笑顔で手を振った。

＊＊＊

『冬』・『合戦』が足音を立てて近づいてきている。一足早く行われる四人の『将軍』の発表が終わったばかりだ。

本格的に『冬』の準備をする冬季休暇まで、残る学園の予定は試験一つ。攻略本的にはもう一つ。殿下のルートでのご褒美イベント、『ドキドキ密室イベント』が残っている。

ちなみにオズワルド・セデンルートのご褒美イベント、『ラッキースケベイベント』は起きなかった。よかった。本当によかった。あるなら秋頃だったので、発生には恋愛感情の域の好感度が必要だったのだろう。

突然だが、みなさんは夜の校舎に入ってみたいとお思いになったことは？

私はある。月明かりしか光源がない校舎はきっと非現実的なわくわくに溢れている。ぜひ探検してみたい。

だがそれは『入ってみたい』なのであって、『閉じ込められてみたい』では断じてない。ついでに言えば別に一人でもいいのであって、恋人が一緒の方がいいとかも思ってない。

「思ってないんだけどな……」

「何をだ？」

「いえ……」

どうもこんにちは。現在恋人と夜の第一校舎に閉じ込められているレベッカ・スルタルクである。

全ての出入り口に鍵がかかっていることを確認し終えて、殿下が息をついた。よく思うが、彼の金髪は月明かりの下で見ると一層綺麗だ。

「シナリオでなぜ俺は鍵か窓か壁を壊さないんだ？」

「壊すルートも選べますが、結構な額の請求がくるみたいですよ」

「閉じ込められた側なのに？」

「ええ」

暗い中攻略本の文字を指で追いながら答える。現実では、殿下は先日の兄さまとの戦いから魔法を使うのを控えている。元々の魔力が少ない私にはわからない感覚だが筋肉痛のような痛みがあるらしい。

「どうしますか？」

「レベッカが風邪を引かないならなんでもいい」

「もう十二月ですしね……」

既に若干冷たくなってきた指先に息をかけて温めながら呟いた。

そもそもなぜ閉じ込められるとわかっていて本当に閉じ込められたか。

シナリオでは主人公エミリアが夜忘れ物に気づき校舎に戻って、殿下は寮の窓からそれを見かけて追いかけて、二人が中にいる間に校舎が閉まってしまうという流れだった。

忘れ物をしなければいいと思っていたのだが甘かったようだ。最後の授業だった化学の時間、隣の生徒が調合に失敗しておかしな薬を作っていたのは知っていたし、多少吸い込んだ自覚はあった。

だがまさか遅効性の眠り薬だったとは。放課後抗《あらが》えない眠気に襲われて、私は近くの医務室のベッドに勝手に倒れ込んだ。

クリスティーナが二時間経《た》っても起きない私に困ってしまって殿下を呼びに行き、後は同じ寸法だ。

薬がまだ効いているのかさっきから手足に力が入らない。校舎を壊すような魔法は使えそうにない。

「殿下、すみません……」

「いやいい。夜の校舎も珍しくて面白い」

殿下が私の指先を手のひらで包むように握って歩き出した。ふと窓の外を見れば、中庭の掲示板が目に入った。

そこには少し前に出た『秋』の結果が今も貼り出されている。

十位　第三学年　フリード・ネヘル
九位　第一学年　ハンナ・ホートン
八位　第三学年　ディエゴ・ニーシュ
七位　第二学年　エミリア
六位　第二学年　メリンダ・キューイ
五位　第一学年　ブライアン・マーク
四位　第三学年　オズワルド・セデン
三位　第三学年　キャラン・ゴウデス
二位　第三学年　ルウェイン・フアバードン
一位　第二学年　レベッカ・スルタルク

前を行く殿下の背中を見る。『冬』が来てほしくないと思うのは、その後舞踏会をやったら今年が終わってしまうからだ。

殿下が第三学年だからだ。

「三年間なんて早いものだな」

私の心が読めるみたいに殿下が言った。振り返った彼が、多分『寂しい』を隠せていない私を見る。

「特にレベッカが来てからはあっという間だった」

そう言って教室や窓の外を指差す。

「あそこでよく昼を一緒にとったし、あっちは話をするのに、あっちは待ち合わせに良かった」

「……殿下のいない学園生活は味気なさそうですね」

彼がいた風景は、もうすぐ彼がいない風景になって、それが当たり前になってしまう。想像したら思ったより視界が色褪《あ》せた。

「学園は寮だし、俺も公務で毎日は会いに来られない」

「……はい」

「だから結婚する」

殿下が振り向いた。私に顔を近づけて、こつんと額と額を合わせる。

「学園に行っても俺はいないが、レベッカが家に帰ればいる。毎週末帰ってきてくれるだろう？」

彼の指が私の左手の薬指を撫でた。そこまで考えて結婚の話を進めてくれていたのだと、初めて気がつく。

殿下がいなくなってしまうが、代わりに薬指に指輪がある光景が当たり前になる。たしかにそれなら彼がいない学園生活も怖くないかもしれない。

「もちろんです」

私が笑えば、殿下も満足そうに笑う。そしてまた私の手を引いて歩き出した。歩調を合わせてその隣に並ぶ。

「週末の度に王宮に行く学生も私くらいでしょうね」

「そのことだが、王宮と学園の間に新しく家を建てないか？　レベッカが帰ってきやすい方がいい」

「いいんですか⁉」

「父上の許可はもう取った。どんな家がいい？　近いうちにいくつか見に行こう」

私たちは一緒に学園で過ごした二年間を確かめるように校舎を見て回りながら、これから何十年間と続く未来の話をした。

慣れ親しんだ校舎を殿下と二人で歩いたのはこれが最後だった。

10

凍《い》てつく空気を吸い込んでは吐き出す。将軍になるのは二回目だが、開戦前のこの緊張感にはあまり慣れない。

最後の『行事』・『冬』は言うなれば模擬戦争だ。学園から指名された四人の将軍がそれぞれ六百人弱の生徒を率いる。

今年は私、殿下、オズワルド・セデン、キャラン・ゴウデスがその大役を全うしようとしている。

この戦いは将軍が別の将軍を戦闘不能にするか、それぞれの陣地の塔の中にある旗を奪えば勝敗が決する。旗を取られた将軍はその瞬間に意識を失い、兵士たちも戦闘不能。

生徒はみな『春』同様、防御魔法で守られているので怪我《けが》はしない。一定ダメージが蓄積すれば死亡扱いで戦線離脱だ。

馬を操り振り返れば、鎧《よろい》を纏《まと》った『スルタルク兵』とその幻獣たちが厳かに整列し、開戦の火蓋が切られるのを待っている。

思えば去年のこの瞬間はどうしようもなく手が震えていた。それに比べれば今はいくらか落ち着いている。

それもそのはず、私の隣には軽めの鎧で九尾に跨《また》がるエミリアがいるのだ。彼女はどこかこの緊張感を楽しんでいるように見える。

エミリアは私の『忠臣』。一般の兵が将軍を戦闘不能にしても討ったことにはならないが、忠臣は例外的に将軍を倒すことができる。だが忠臣が戦闘不能になれば将軍も攻撃力を失う、いわば諸刃《もろは》の剣。

ふと、サジャッドのことが頭をよぎる。彼は現在鳴りを潜めているが、この戦いに乗じて何か仕掛けてくる可能性もあるだろう。注意が必要だ。

ゴーン、ゴーン、ゴーン。

学園の最端のこの荒野に、雲の上に鐘があるかと錯覚する轟音《ごうおん》が降り注ぐ。『合戦』開始の合図だ。

私の体にはクリスティーナに分けてもらった魔力が心地よくみなぎっているし、兵士たちも集中力を保っているのがよくわかる。準備は万全だ。

「私たちには勝利あるのみです」

声を張り上げず、ただ全員に聞こえるように語りかけた。これは最近知ったことだが、部下の士気を上げるため大声を上げる必要はない。

ただいつもと同じ余裕の微笑《ほほえ》みで、勝利を確信した声と後ろ姿で、一番に前に進むのみ。

「気張っていきましょう」

「オオオォォ――――――！」

雄叫《おたけ》びを上げながらついてくるのは約三分の二の四百人。そこにはエミリアも九尾もいる。

残りの二百人に旗を任せる。さらに塔のてっぺんでとぐろを巻き咆哮《ほうこう》を上げているのは私の幻獣だ。

二百人の兵とクリスティーナがいれば、私の塔はまず落ちない。

私が向かうのは西のキャラン・ゴウデスの陣地。今年は北に私、西にキャラン、南にオズワルド、東に殿下。

馬を走らせ始めてすぐ、前から数十人の部隊が向かってくるのがわかった。方角からしてキャラン・ゴウデスの兵だ。

私は口角を上げた。あれはおそらく斥候だ。見つけられたのは運がいい。

「エミリア、お願い」

「了解です！　撃――――！」

エミリアが陽気な掛け声と共に全く陽気でない威力の爆破魔法を繰り出した。爆心地に黒い煙が立つ。

相手は全滅かと思われたが、数人を除いて自分の足で立っていた。

「キャランの『秋』ね」

遠隔で発動できる防御魔法。しかもキャランの魔法は殿下に匹敵するほど強力。彼女は間違いなく『冬』のために『秋』の研究をした。

しっかり囲んで潰すことにしようと、指示を出しかけたときだ。キャランの陣があるだろう方角から、さらに数十人の部隊が姿を現した。

――――違和感。

斥候にしては多い。数の力で押し負ける量を小出しにしてくる意味がわからない。

無視するべき？　私は一人首を振った。最も警戒するべきは挟み撃ちだ。ここで確実に潰す。

「A班、手前を囲んで潰して！　B班は奥を！　こちらに被害を出さないように！」

四班のうち二班を残してあとの二百人弱で先を急ぐ。キャランの行動について、考えられるのは時間稼ぎだった。だとすれば進むのが正解。

進んでいくとその陣が見えてきた。二百人ほどの兵が塔を取り囲むように位置についている。

その先頭で、見慣れた少女が防衛の指揮を任されていた。私たちの姿を見とめるとビシッと指差して声を上げる。

「レベッカ・スルタルク！　相手にとって不足なし！　みんな行くよー！」

「オオオ――――！」

ジュディス・セデンがいの一番に走り出せば、ゴウデス軍が我先にとついていく。

ジュディスがオズワルドの軍に割り振られなかったのは幸運だった。

派手で力強いオズワルドの土竜《もぐら》と、繊細できめ細やかな作業を得意とするジュディスの蚯蚓《みみず》が組み合わさると、高次元の罠が完成する。逆に言えば、ジュディスしかいないこの場で罠の警戒は必要ない。

私は相手の声に負けないよう、拳を突き出し指示を出した。

「前進ッ！」

「オオオ――――！」

両軍が正面から衝突する。数はほぼ互角だが、こっちには九尾とエミリアがいる。

それに勝利の条件が違う。こっちは誰かが一人抜けて旗を掴《つか》み取れば勝ちなのだ。その役目に最も相応《ふさわ》しい人物が私の隣には控えている。

「ブライアン、頼んだわ！」

「了解、リーダー」

小さくジャンプしてウォーミングアップしていたブライアン・マークは、私の声を合図に稲妻のように駆け出した。戦いを全てかわしてジグザグと駆け回り、旗奪取を目指す。

本人は「逃げ足だけは一人前」なんて捻《ひね》くれた言い方をしているが、裏を返せば俊足だ。それもおそらく学園一といっても過言でないほどの。

先ほど置いてきた二班が合流したことで、蓋を開けてみれば戦況は私たちの圧倒的優勢だった。両軍が互いに揉《も》みくちゃになって剣を交えるエリアを抜けて、私の兵がだんだん塔の近くへ前線を押し進めていく。

私も目の前の敵を魔法で仕留めて塔へ目をやれば、ちょうどブライアンが無傷で塔に到達したところだった。

彼が中に入って、旗を取れば終わり。

しかし、塔の中を見たブライアンはぴたりと足を止めた。目を見開いた。振り返った。私と目が合った。

そして何かを叫んだ。

「わな――――」

「レベッカ様、危ないッ！」

大声が聞こえて背中に衝撃が走る。一拍遅れてエミリアに突き飛ばされたのだと気づいた。馬から落ち、地面に倒れ伏す。

何が起きた？　すぐさま後ろを振り返って、私は目を剥《む》いた。

「————は？」

地面に数え切れないほどの穴が開いていた。今さっきまで私が立っていたところにも。それらは不均等に並んで、スルタルク軍が一人もいなくなっていた。ゴウデス軍だけが立っていた。

「……落とし穴？」

私以外のスルタルク軍四百人が、一人残らず落とし穴に落とされた？

呆然《ぼうぜん》とする私の前に一人の男が歩いてきた。地面に尻餅をついたままの私を見下ろした。

彼はここにいるはずがなかった。いてはいけなかった。

精悍《せいかん》な顔つきに、深緑の瞳と髪。

「オズワルド・セデン……？」

彼はキャランの陣地に当たり前のように立っていた。

その後ろにジュディス・セデンが、そしてキャラン・ゴウデスが立っているのを見たとき、私はようやく状況を理解して戦慄した。

「あなたたち……協力してるの？」

「ああ、その通りだ」

オズワルドは静かに答えた。

同盟など前例がない。しかし、塔の周り中に張り巡らされた落とし穴の罠がその事実を確かに指し示している。

ゴウデス兵ではなくスルタルク兵だけを選んで落とす繊細なコントロールを成立させるには、どう考えてもセデン兄妹《きょうだい》両方が不可欠だった。

先ほどの違和感の正体。キャランの目的はやはり時間稼ぎだったのだ。オズワルドが自陣から何らかの方法で瞬時に移動、ジュディスと共に落とし穴を作る。

――――いや。

「塔そのものを作ったんですね」

オズワルドが正解と言わんばかりに片眉を上げた。

さっきブライアンは塔の中を見て驚愕《きょうがく》していた。中に旗がなかったのだ。おそらく本物の塔と旗は土の中。

唇を噛《か》む。オズワルドは右手に剣を持っていた。なのに隙だらけの私を攻撃しない。信じられない事実を一つ一つ確認する私に悠長に付き合っている始末。

「私は人質で、狙いは殿下ですか？」

「さすが現状の理解が早いな、レベッカ嬢」

オズワルドはほんの少しだけ申し訳なさそうに笑った。

「ルウェインは――全てにおいて人に勝る。知力、統率力、個としての戦闘力、どれをとっても敵《かな》わない。だけど、彼の動きを予想するだけなら簡単だ」

オズワルドが遠くを、殿下がいる遠い最東を眺めるようにして言う。

「言い方は悪いが――君の存在を利用すればいい。君たちは互いに攻撃し合わない。今日だって君はこうして西へ、ルウェインは南へ向かった。君が今窮地に陥っていることも、ルウェインなら知っている。君を助けに来た彼をキャラン嬢と挟み撃ちにし、地の利も活かせば、さすがの彼も落ちる」

殿下を倒した後は、キャランとオズワルドで正々堂々決闘でもするつもりなんだろう。

「なるほど――」

二人が何をしようとしているのかは理解した。その上で少々言いたいことがあるが口には出さないでおく。

代わりににっこり笑ってみせた。

「私が大人しく人質の役目を全うすると？」

「自害ならよしてくれ」

そんなこと誰がするものか。

私は身を翻して一気に立ち上がり、偽物の塔に向かって駆け出した。三強一人と五高二人から逃げ切れるわけがないと、そう思われているのだろう。

それは私が一人の場合の話だ。

「ブライアンッ！」

「はいはい、っと」

塔の陰から紺色の髪の少年が姿を現す。その脚力で私のもとに向かってくる。

私は知っていた。エミリアがギリギリ反応した落とし穴の発動に、姉譲りの反射神経と身体能力を持つブライアンが反応できないわけがない。

彼はスルタルク軍の中で唯一、自力で罠を回避したのだ。

ブライアンが私とすれ違った瞬間、その肩にのった幻獣が能力を発動する。

彼の幻獣は子ライオン。子供とはいえ、百獣の王。『夏』で七位を獲得したその獣は、ひとたび気配を現すと周囲の生き物の戦意を喪失させることができる。

人間だって動物だ。オズワルドとキャランが怯《ひる》んで足を止め、ジュディスがたまらず膝をついた。

私はその隙に塔にたどり着いた。扉を閉めようと動かせば、今さっきまでオズワルドたちのところにいたはずのブライアンがもう走り込んでくる。

二人で扉をがっちり閉めた。これはオズワルドとジュディスが作り上げたものだから壊すこともできるのだろうが、私が生き埋めになっては人質の意味がないからおそらくそれはない。

壁に背をつけてへなへなと座り込む。ブライアンも私の隣にどっかり腰を下ろした。

――――完敗だ。何一つ見抜けなかった。

乾き切った口内から無理やり唾を集めて飲み込む。落ち込んでいる暇はない。私たちに残された時間はそう多くはない。

「状況を確認します」

私は起き上がって背筋を伸ばすと、地面に絵を描いた。東西南北の陣地を表す地図だ。

「私たちは今キャランの陣地。殿下は南のオズワルドの陣地。オズワルドが落ちないところを見ると、キャランの兵が一部応援に行っているのでしょう。持久戦で時間稼ぎをしているはずです」

ブライアンがあぐらをかいて私が描く絵を眺める。

私は殿下の陣からオズワルドの陣に一本矢印を引っ張った。

「殿下はこの人質作戦を知れば、自陣の守りをフリード・ネヘル一人に任せて残る全勢力で一気にオズワルドの旗を取りに行くはずです。私たちの勝機はそこに――」

「あ？　ちょっと待ってください」

ブライアンの声に顔を上げる。どこかわかりにくいところがあっただろうか。

「このまま待ってれば王子サマが助けに来てくれんじゃないんスか？」

「えっ？」

私は素っ頓狂な声を上げた。

本気で言ってるのだろうか。驚いたような顔をしたブライアンにこっちが驚いてしまって、まじまじ見つめた。

「来るわけないでしょう」

彼にもそこから説明が必要だとは思わなかった。オズワルドが人質作戦を説明していたときも、私は「何を言っているんだろう」と思いながら聞いていたのに。

指についた砂を拭ってブライアンに向き直る。

「たしかにこれが『春』なら殿下は私を助けにくるでしょう。彼が私を探そうと助けようと、彼の順位が下がるだけだからです」

ブライアンははっと息を呑《の》んだ。

「今、私たちは『将軍』です。私たちの首は私たちだけのものじゃない。助けに来たりしたら、叱りとばしてやります」

そう、『冬』は個人戦の『春』とは違うのだ。私たちには責任がある。

私が初手で殿下を攻撃せず西に来たのだって、純粋に彼相手は分が悪いからであって、戦いたくないからではない。

「諦めるわけにはいきません……どうにかしてこの場を乗り切ってみせます」

改めて地面の絵を見ながら考え込んだ。

籠城してても何にもならない。オズワルドが落ちた直後に出て行ってキャランを叩《たた》けばまだ立て直せる。でも外には少なく見積もっても三百人の敵兵。出て行けばまた捕まるか、今度こそ倒されて即終了だ。

血が出るほど拳を強く握り込む。この場を打開する策が、私にはない。

ブライアンががしがしと頭を掻《か》いたのはそんなときだった。

「三強ってのは、かっこいいんスね」

思わぬ言葉に彼を見上げる。藍色の瞳が真っ直《す》ぐに扉を見つめていた。こんな状況だというのにひどく落ち着いている。

「俺を使っていいですよ」

ブライアンがジャキンと音を立て、今まで飾りでしかなかった腰の剣を引き抜いた。唇の端を吊《つ》り上げる、いつかも見たような余裕の表情だ。

「……いいえ、必要ありません」

「違うんスよ、本当は俺」

「知っています」

訝《いぶか》しげな顔で再び口を開こうとしたブライアンに、被《かぶ》せるように繰り返す。

「知っています。あなたが、本当は強いこと」

初めて会ったときから知っている。

『ブライアン・マークは戦わない』

戦えないいんじゃない。戦わない。

ただただ目を見開いているブライアンの口から、「は」と空気が抜けるみたいな音がした。

ブライアン・マークは剣聖だった。三歳で剣を握った。七歳で戦いこそが自分の生きる道だと悟った。九歳で三つ年上の姉と並び立った。

——数年後には『戦闘神』の名を欲しいままにする姉と、互角だった。

姉弟は毎日日が暮れるまで終わらない勝負を楽しんだ。

だがそんなある日聞いてしまう。ブライアンを次期騎士団長に推す一部の人間の声を。

オリヴィエはその頃から騎士団長になるのが夢だった。周りもブライアンもそれを望んでいた。ただ一つ立ちはだかった問題が性別だ。女性の騎士団長は前例がない。男であるブライアンを望む声は、少数であっても根強かった。

十歳になる誕生日の前夜、ブライアンは大事な剣を抱えて、一人でゴミ捨て場に向かった。

彼にとって剣は命に等しかった。

でも、それを捨てることができたのだから、オリヴィエは彼にとって命よりも大事な姉だったんだろう。

あの『夏』の日、ほんの一瞬寂しそうに笑ったオリヴィエを思い出す。

『あいつは普段悪ぶってるけど、ほんとは優しくていいやつなんだ。これからも頼むね』

オリヴィエが何かを悔やむような顔をしているのを見たのはあれが初めてだった。

オリヴィエも二人の父である騎士団長も騎士団員たちも、本当はちゃんとわかっている。それでも知らないフリをしているのは、ブライアンの意思を尊重しているからだ。それが騎士としての彼の誇りを守ることだからだ。

美しいと思った。初めて知ったとき、涙が出そうになった。

「秘密一つ一緒に守れなくて、何が将軍でしょうか」

それに私は、彼の優しい秘密が好きだった。

ブライアンが再び口を開こうとしたそのとき、派手な音がした。ブライアンと同時に扉に目を向ける。外で何かが起こっている。

冷静に頭を回した。私がオズワルドかキャランなら、次に何をするのが最善か。

「……落とし穴に落ちたスルタルク兵に攻撃魔法で止《とど》めを刺している？」

思い当たってまた唇を噛んだ。血が滲《にじ》む。

「でもエミリアはまだ落ちていない。私の攻撃能力が失われていないから……でも無事でもない。周りに落とし穴に入った仲間がいる以上、九尾は爆破を使えない」

この状況に追い込まれたエミリアが何をしようとするか、手に取るようにわかる。

忠臣の自分が落ちれば私の足を引っ張る、そう考えた彼女は九尾を盾に攻撃を凌《しの》ぐはずだ。九尾に蓄積していくダメージを治癒魔法で取り除き続ければ、エミリアは魔力の続く限り自分を守れる。

九尾を大切にしている彼女にとって、それがどれほど辛《つら》いことか。

「……王子サマがオズワルド・セデンの旗を取るのはいつです」

ブライアンが低い声で尋ねた。

懐中時計を確認する。私が人質扱いになってから、十分少々が経過している。殿下の軍がオズワルドの陣に集結するのにかかる時間、殿下が全火力で陣を叩く時間、オズワルドの陣が山を背負っていることも考慮に入れる。

「早ければ――あと十分」

「ちょうどいいんじゃないスか？　行きましょう」

ブライアンが気怠《けだる》げに立ち上がった。再び剣を抜き、かつかつと音を立てて扉へ進んでいく。

私は焦って立ち上がった。

「無茶です！　いくらオリヴィエ・マークに並ぶ実力があっても」

外には少なくとも三百人は敵がいるのだ。扉を開けた瞬間囲まれて集中砲火を浴びて終わりだ。

「それに秘密が――」

「いいです、別に。今ここで戦わなかったら、俺は騎士どころか男ですらなくなる」

ブライアンは私の制止を聞いてくれない。止めたいのに、無能な私にはその方法がない。

彼は勢いよく、わざわざ目立つように扉を開け放った。三百の視線が彼を捉える。たった一人で将軍を背中に守る無謀な青年を認識する。

無数の矢が、剣が、幻獣が、ブライアンめがけて一斉に飛ぶ中、私は往生際悪く手を伸ばした。

でも聞こえたのは楽しそうな声だった。

「何より、姉貴にぶっ叩かれる」

瞬間、突風が巻き起こった。反射的に腕で顔を庇《かば》う。なんとか瞼《まぶた》をこじ開けたとき、私は目を疑った。

叩き斬った目の前の敵兵を踏み台にした青年が、大きく跳躍して、隕石《いんせき》みたいに敵陣の真ん中へ降っていった。彼が踏み込む度にバタバタと敵が倒れる。災害みたいな威力の剣が人を薙《な》ぎ倒している。

たとえるなら台風の目だ。無事なのは中心の彼だけで、その周りは更地になっていく。

その辺りに立っているのが彼だけになったとき、私はへなへなとその場に座り込んだ。

「――――姉貴に『並ぶ実力があっても』『無茶』だって言いました？」

足の踏み場もなく転がる敵を遠慮なく踏みながらブライアンが戻ってきた。彼はその場に恭しく膝をつき、私に手を差し出し、楽しそうに笑った。

「安心してください。姉貴より俺の方がつえーから」

に、と笑顔になった彼は幼い少年みたいだった。戦うのが純粋に楽しかっただけの、あの頃の少年。

そういえば笑ったのを見たのは初めてだ。

「つーわけで、レベッカさん。ここから先は俺があんたを守ってやるよ」

そう言って彼は私の手の甲に口づけを落とした。

――――騎士だ。

化け物みたいな戦いぶりを見せられた後でも、浮かんだのはその言葉だった。

＊＊＊

ルウェイン・フアバードンは、『冬』が始まると同時に南に向かった。オズワルドがいたとしても自分がいればまず負けはしない。フリードに塔の防衛と軍の半分を任せ、自分は残りの半分を率いて荒野を駆ける。

陣に着いたとき、塔の頂上に立っていたのは知っている顔だった。

「げ、殿下……。まあいいわ、負けないわよ」

濃紫の髪を後頭部で一つにまとめたメリンダ・キューイが、ルウェインの姿を見てあからさまに嫌な顔をしつつ、迅速かつ的確に兵を展開していく。

司令官同士チェスをしているみたいな気分だった。ルウェインは相手の堅い守りに僅かな綻びを見つけてはそこに突破口を作り出し、前線を押し上げていった。

「メリンダは本当に頭がいい」と自分の婚約者が話していたのを思い出す。なるほど彼女には軍師の才能がある。

戦場を盤上のように捉えて駒を動かしていたルウェインは、しかし途中で眉を顰《ひそ》めた。

少しずつ戦況が予想と食い違い始めた。メリンダ・キューイの采配がブレているのだ。

まるで――兵が無尽蔵にいるかのような動きだ。

ルウェインは自分の勘を信用している。胸元から水色のクリスタルを取り出した。将軍が兵と通信するため渡されている道具だ。各所に偵察にやった兵たちに報告を求める。

目の前で起きた違和感の原因を他の戦場に求めたルウェインは結果的に正しかった。欲しかった答えが、最西に向かわせたある兵から得られたのだ。

その女子生徒――ハンナ・ホートンは通信用のクリスタルを通して興奮気味に声を上げた。『夏』で十位を獲得した彼女の幻獣はカタカタ震えるウサギで、周りを怖がりすぎて気配を読むことに長《た》けているという。

『キャラン・ゴウデスの陣からオズワルド・セデンの気配がしてます！』

――――何？

ルウェインはハンナの報告一つで十を察した。

オズワルドの移動が早すぎるが、おそらく彼の軍に割り振られたガッド・メイセンの能力を使ったのだろうと当たりをつける。

オズワルドとキャランは、ルウェインと同じく今年最終学年だ。泥臭くともなんとしてでも勝利を獲りに行くことを選んだ彼らに、ルウェインは知らず口角を上げた。

だが甘い。彼らはルウェインの婚約者のことを見くびっている。

二人の目論見《もくろみ》通りルウェインがレベッカを助けに行ったりしたら、彼女はきっと笑顔で静かに怒り狂うに違いない。とどめのセリフは「見損ないました」だろうか。

最悪の想像をあくまで想像に留めるべく、ルウェインは今度フリードに連絡を取った。彼自身を残し他の全ての兵をよこすように伝える。誰も攻めてこないなら守っていても意味がない。

全軍が到着するが早いか、ルウェインはオズワルドの陣を一気に袋叩きにした。持てる力全てを注ぎ込んで総攻撃を仕掛け、援軍に力を発揮させないまま短期決戦で片をつける。

メリンダ・キューイは最後の一人になっても旗の前に立ちはだかって、ルウェインの攻撃魔法を浴びる直前恨みがましく「ご祝儀半額にしてやる」と呟《つぶや》いて倒れた。

オズワルドの旗を抜き取って懐中時計を見れば、想定していた半分の時間で事は済んだ。相手を倒すことがレベッカを助けることにも繋《つな》がるのだから、やる気も出るというものだ。

ハンナ・ホートンからレベッカの動向の報告を受けながら、ルウェインは塔から出て再び馬に跨《また》がった。

『冬』は六百人の命運を背負った真剣勝負。遠慮はいらないし、そんなものしたら失礼だ。よって、ルウェインが次に向かうのは、二百人と幻獣だけのレベッカの陣である。

「俺が塔を落とす前にレベッカが戻ってくるか、半々だな」

ルウェインは婚約者と剣を交えねばならない事態も見据えて馬を走らせた。

＊＊＊

オズワルド・セデンが突如剣を取り落として膝をついたのは、ブライアンが大立ち回りを見せた直後だった。

「お兄ちゃん⁉」

ジュディスが駆け寄ったとき、オズワルドは既に気を失っていた。間を空けず全セデン軍が攻撃能力を失い失格となる。

殿下が旗を取ったのだ。焦りに眉を寄せた。想定よりずっと早い。予想は十分だったのに、まだ三分しか経《た》っていない。ブライアンの強さに腰を抜かしている場合ではない。

私は立ち上がって駆け出した。

「行きましょう！」

「ああ！」

短く声をかければ、ブライアンが大きく頷《うなず》く。動き出した私たちを見てジュディスが剣を取る。

しかしブライアンの俊足には敵わない。彼はまずジュディスに一太刀浴びせた後、残るゴウデス兵を次々相手取る。

私は真っ直ぐに、キャラン・ゴウデスに向かって突っ込んでいった。

騎馬の彼女と違い私は歩兵。キャランは赤い髪を翻し、自らの幻獣の名を呼んだ。

「レティ！」

「がうっ！」

小熊が吠《ほ》えて能力を発動する。その声を聞いた生き物は数分動けなくなる。

予想していたから耳は塞いだ。それでも手足に痺《しび》れが走る。頭が回らなくなって気を失いかける。

「ッ！」

私は強く自分の唇を噛んだ。鉄の味がして、ぼやけた思考が回復する。手足に鞭《むち》を打って走り続ける。

キャランはそんな私に怯んだようだった。目を見開き、反射的に下がろうとする。

ここで全力の攻撃魔法を展開しなかったのが彼女の最初で最後のミスだ。

彼女が選んだのは得意の防御魔法の重ねづけだった。それは私に効かないと、普段の彼女なら気づけただろうに。

口をガッと開いて大量の酸素を吸い込む。体内でバチバチ炎を纏う白い魔力が燃え上がる。

この一発のためずっと魔力を温存していた。クリスティーナにもらったそれを、いつでも万全の形で使えるように備えていた。

――――『秋』で一位をとった、私の研究。

キャランの顔からサッと血の気が引いたときにはもう遅い。

「――ガァッ！」

私の口から発射された『ドラゴン・ブレス』が、キャランの防御魔法に激突した。

目を開けていられないほどの光の塊がキャランのシールドを削り、崩し、パリンパリンパリンと音を立てて消滅させていく。それらは細かい粒子になって、エネルギーがぶつかり合う勢いに流されて飛んでいった。

ついに最後の一枚が破れる直前。

「――敵わないわね」

キャランが小さく呟いた気がした。ほんの少しも逃げることをせず、真正面から攻撃を受けた彼女は、馬の背中から仰向けに地面に落ちた。

だがキャランが動かなくなったのを確認したとき、私も地面に倒れ伏した。

「はぁ……っ！」

両手で首を押さえながら喘《あえ》ぐ。喉が焼けるようだった。『秋』で方法を確立したものの、一日に何度も撃つのは無理だと実感する。

でもまだ『冬』は終わっていない。

「今すぐエミリアを助け出して。すぐに動ける兵を集めて私の陣に戻るわ」

掠《かす》れた声を無理やり絞り出し、私を助け起こそうとしてくれたブライアンに指示を出した。

塔に籠城していたとき、自陣の兵をこちらに動かすという選択肢はなかった。キャランとオズワルドを倒した後のことを考えたからだ。

彼らが今、殿下から猛攻を受けていると連絡してきている。なんとか持ちこたえてくれている間に戻らねばならない。

ブライアンが走っていって間もなく、エミリアが彼の手を借りて穴から這《は》い出てきた。地面に座り込む私に駆け寄ってくる。

「レベッカ様！」

「エミリア、ごめんなさい、助けてくれてありがとう」

「いいえ、当然のことをしたまでです！　お怪我を治しますか？」

「私より、軽症の兵の全快を大至急でお願い。今すぐ自陣に戻らないと――」

しかし最後まで言い切ることはできなかった。視界が急激に色を失い、電源が切れたおもちゃみたいに意識が遠のき始めた。

エミリアが慌てて体を支えてくれる。でもその声が聞こえない。

――旗を取られた。

もっと戦っていたかったという底知れない悔しさを最後に、私は意識を失った。

11

目を開けたら暖かいベッドの中にいた。視線を天井に彷徨《さまよ》わせて、学園の医務室に寝ているのだと気づく。ベッドに誰かが腰掛けていることもわかった。

声をかけようと息を吸ったら、けほ、と咳《せき》が出た。

「レベッカ、目が覚めたか」

「殿下……」

群青の瞳が覗《のぞ》き込んでくる。がばりと抱きしめられ、くぐもった声が不安そうに響いた。

「俺のことが嫌いになったか？」

「まさか！」

思わぬ質問をくすくす笑って否定する。

「むしろ信じてましたよ、私を助けに来ないでオズワルドの塔を攻めてくれるって。おかげでキャラを倒せました」

もし本当に助けに来られていたら普通に落ち込んだし、殿下が最後私の旗を取ったのも当たり前の行動だ。将軍同士の同盟関係という前代未聞の状況に遭遇したにしては私たちの軍は健闘したと言えるだろう。

起き上がって伸びをする。『冬』は『春』と同じで生徒全員に予《あらかじ》め防御魔法がかかっているし、先ほど使い切ったのは元々分け与えられた魔力だから私は無傷だ。むしろぐっすりお昼寝した感じだ。

ベッドから出ながら尋ねた。

「舞踏会まであと何時間ですか？」

「五時間だ」

「十分ですね」

称号が授与される舞踏会は、毎年『冬』の後の夜。今から生徒たちは忙しい。回復した者から舞踏会の準備に入る。

そして私と殿下に限って言えば、サジャッドの断罪という、最後の大仕事が待っている。

舞踏会は王立貴族学園の一年を締め括《くく》る催しだ。色とりどりのドレスを着た女子生徒、それをエスコートする男子生徒。将来国を担う人材をこの目で見ようと国の重鎮も顔を出すから、規模の大きさは相当なものだ。

まず三強と五高が発表され、そこからはダンスと歓談。一年間ライバルとして鎬《しのぎ》を削った同級生とも肩を叩《たた》き合い笑い合う。

シナリオでは称号の発表の前に主人公がサジャッドの行いを白日の下に晒《さら》すのだが、攻略本でそのくだりを読んだとき私は思った。

――――サジャッドは馬鹿なのか、と。

『断罪』はとても証拠能力を持つようなものではなく、隙がいくらでもあった。冷静に一つ一つ知らん顔していけばサジャッドの有罪は認められなかったはずだ。

なのにサジャッドは激昂《げっこう》した。わざわざ本性を剥《む》き出しにして叫んで、主人公の主張に正当性を与えるような真似《まね》をした。

そして最後には魔力を暴走させ、色んな人の悪夢を具現化して学園を地獄絵図に変えたのち、反動で夢から醒《さ》められなくなって昏睡《こんすい》してしまう。

この矛盾はきっと、本当の『彼』を指し示している。


日が沈み星と月の時間がやってくる。

講堂で舞踏会が開かれるきっかり一時間前、私は一人ぽつんと薄暗い大広間に立っていた。

海のような深い青のドレスに金の華奢《きゃしゃ》なアクセサリーを身につけ、黒髪は編み込んでアップにした。このまま舞踏会に出席できる格好だ。

生徒たちは寮で身支度をしている時間だし、教員は舞踏会の準備に余念がない。必然誰も大広間に用はない。

だから近づいてきたコツンコツンという足音は、私が呼び出した相手のものだ。

「こんばんは、スルタルク公爵令嬢。あなたが私と話したがるのは珍しい」

「こんばんは、マハジャンジガ子爵令息。ご足労いただき感謝いたします」

タキシードを王道に着こなしたサジャッドが作り笑いを浮かべながら暗がりから歩み出てきた。

「私にどんなご用かな？」

時間のない舞踏会当日に呼び出されたことに少しの苛立《いらだ》ちも見せない紳士な振る舞い。動作も一つ一つが堂々としている。私に何を言われても平気な自信があるのだろう。

――それもそのはず、サジャッドは結局私たちになんの証拠も掴《つか》ませなかった。シナリオと同じだ。動かぬ証拠はない。彼はこのままならしらを切り通せる。

「……とある貴族の青年の話を、聞いていただけますか？」

その余裕の笑みを眺めながら、私は話を切り出した。


あるところに貴族の青年がいました。彼は成績優秀で見目が良く、さらには人当たりも良かった。目立った短所といえば平民が嫌いなことくらいでしょうか。

『平民は貴族に尽くすもの、同じ人間ですらない』――彼はそう考えていました。

しかしあろうことか、彼が通う学園には平民の少女がいたのです。

一学年下に入ってきた彼女はまさに目の上のたんこぶで、いやに視界に入りました。さらには平民の分際で彼と同じ成績優秀者の称号まで手に入れたものだから、青年は不愉快でした。

そんなとき彼は父親にさらに上の称号を手に入れるよう言われました。子爵家は力を失いつつあり、子爵は称号に付随する特権を求めたのです。

青年は自分の実力をよく理解していました。自分の能力ではそれを得ることはできないだろうと。

――でも、正攻法でなければ。

彼の幻獣は他人の精神に干渉することができました。彼はそれを使って、ある三強の女を手中にしようと考えました。けれどすぐに成果は出ませんでした。

しかもその女は例の平民と仲が良かった。その女といると平民の少女は特によく笑います。気に入らなかった。少女がその女の隣で楽しそうにしているのを見るとき、青年ははらわたが煮えくりかえるような心地でした。

青年はまずその三強の女を揺さぶることにしました。彼女と平民の少女に共通の友人を使えば両方にダメージを与えられる。そう考えて嫌がらせを始めましたが、階段から突き落とさせてもあまり効果はないように見えました。

青年は手法を変えました。『将を射んと欲すれば先《ま》ず馬を射よ』。平民の少女を懐柔しようと試みました。

しかしそれにも邪魔が入った。今度は貴族の男性が平民の少女を庇《ひさし》いました。身分を弁《わきま》えず貴族の男の後ろで守られる少女は、またひどく青年の神経を逆撫《さかな》でしました。

ならば今度はと、三強の女の婚約者を攻撃しましたが、それもうまくいきませんでした。

――――でも大丈夫。

青年が何かしたという証拠はないのだから。学園を卒業してからでも機会は十分あるのだから。

だから舞踏会の直前、三強の女に全てを知られていることがわかっても、青年はまた虎視眈々《こしたんたん》と次の機会を狙えばいいのです。


私の話を聞き終えたとき、サジャッドは何も言わなかった。ただ笑っていた。

自分の勝利を心から確信し、証拠を見つけられなかった私を見下し、ひたすらに安堵《あんど》していた。仕掛けるならここだった。

「――――と、いうのは嘘《うそ》です」

サジャッドの顔から表情が抜け落ちる。私は代わりに笑ってあげた。

『断罪』は今からだ。

「そもそも、やり方がまどろっこしすぎるんですよ」

誰もいない大広間に、わざと調子を変えた私の声が響く。

「……どういうことだ」

サジャッドは動揺しているようだった。

長々語られた『私から見たサジャッド』は彼にとって予想の範疇《はんちゅう》だっただろう。それを「嘘」と一蹴されたのだから無理もない。

化けの皮が剥がれている今こそ、彼を切り崩す絶好のチャンス。

「他人の精神に干渉できるなら、今年三強になる可能性が高い男性を攻撃して自分がその枠を狙うのが一番早いはずです」

殿下やオズワルドはもちろん、ブライアンやガッドがそれに当たるだろう。

「にもかかわらず、なぜ青年は女性にこだわったのでしょうか？」

サジャッドに問いかけた。まずは『とある貴族の青年』を通しサジャッドの言葉を引き出す。

彼は再び顔に笑みを貼りつけ、あくまで自分ではなく『青年』の話だからと、口を滑らせる。

「その『三強の女』というのが、男性陣より能力が低く扱いやすそうだったからでは？」

「あら、その割には失敗続きですね」

わざと不思議そうな表情を作って煽《あお》れば、サジャッドが不自然に口角を上げた。怒りを表に出さないように耐えている。

「それに、納得できないことが多すぎたんです」

――夏季休暇中の夜会で会ったマハジャンジガ子爵が、到底サジャッドが素直に言うことを聞くとは思えない父親だったこと。

――舞踏会で言うはずのセリフを、『夏』に言ったこと。

――幻獣の能力の発動条件が突然変異で変わったこと。

――シナリオで断罪されたとき、激昂して自分の立場を悪くしたこと。

「何か理由があると思いました。でもこの一年間、あなたの言動には筋が通っていなさすぎた。頭が悪いのかと思ったくらいです」

サジャッドが気色ばんだ。プライドが山のように高い男にはこういう侮辱が有効だ。

「……何が言いたい」

それでもまだ寸でのところで体裁を保っていた。一歩も動かないし声を荒らげもしない。しかし確実に苛立ち、余裕をなくしている。

だって、『青年』が『あなた』にすり替わったことに気づく様子がない。

「気づいたんです。もし、筋が通っていないほうが普通だとしたら？　あなた自身もままならない感情を持て余しているのだとしたら？」

「は……？」

サジャッドは不可解そうに眉を顰《ひそ》めた。そしてわかりやすく鼻で笑った。

「残念だが勘違いだ。私はあなたのことを愛したことなどない」

「知っています。私に特別な思いを抱《いだ》いたことなどただの一度もないでしょう。だって、本当は――」

攻略本を持っている私は、サジャッドのことをよくわかっているつもりでいた。

だけど、攻略本にも載っていなかった事実が一つだけあった。

「好きなんでしょう？　――エミリアのことが、心から」

その瞬間、サジャッドは息どころか時間も、心臓を動かすことすらも忘れたようだった。

平民が嫌いなのは本当なのだろう。だから自分が一番気づかなかった。気づこうとしなかった。

――まさか自分が「下賤《げせん》な平民なんか」に恋をするなんて。

サジャッドの喉から、かひゅ、と息の音が漏れ出る。彼は土気色の顔を絶望に染めていた。

「……何を、言っている？」

「私や殿下やメリンダ・キューイ子爵令嬢への攻撃は、全て『エミリアに近しい者への嫌がらせ』の一言で説明がつくんです」

サジャッドは賢いのに、エミリアが関わるといつも感情を抑えられなくなる。

それは彼女が平民だからだと思っていた。

でも違う。最初に変だと思ったのは、『夏』で彼が平民の客に愛想よく接しているのを見たときだ。エミリアはサジャッドにとって『特別』だった。それが特別『嫌い』なのではなく、その逆なのではと考えたとき、色んなことの辻褄《つじつま》が合うと気づいた。

シナリオで断罪されたとき我を忘れて激怒したのは、攻略対象――つまり男がエミリアに寄り添っていたから。

『夏』に舞踏会で言うはずのセリフをフライングしたのは、エミリアがガッドという男性に庇われていた点で舞踏会に似ていたから。

幻獣の能力が変わったのは、おそらく私というイレギュラーのせいだ。

シナリオでのサジャッドはエミリアに近づく大義名分があった。父親からの命令である。子爵家のため、三強の力を手中にしなければならなかったのだ。

『平民は穢《けが》らわしいが、父親の命令なら仕方ない。』それを建前に彼はエミリアを手に入れ、気づかぬうちに欲求を満たした。

でも現実は違った。彼は五高であるエミリアに近づく理由はない。なのに近づきたい、視界に入れたい、言葉を交わしたい。同時に平民は穢らわしく、下等で、劣っているとも思っている。

好意と憎悪。正反対のベクトルにもかかわらず二つの感情は同じくらいに激しくて、サジャッドの心はぐちゃぐちゃに捻《ひね》くれた。そのストレスがトリガーとなって突然変異が起きたのだろう。

つまり第二部でのシナリオと現実との乖離《かいり》は、エミリアが三強にならず私が三強になったことで生じたものだったのだ。

サジャッドは頭を掻《か》きむしった。「違う」だの「そんなわけない」だのとぶつぶつ口にしていた。

やがて頭を抱えて蹲《うずくま》った。五高として多くの生徒の憧れだった彼の姿は今や見る影もない。

その姿勢のまま、呻《うめ》くような低い声が私に問いかける。

「誰かに話したか」

「いいえ、今初めて、あなたに話しました」

瞬間、恨みを込めた目が私を見上げた。

「――なら、お前を殺してしまえば」

そう呟《つぶや》くと同時、彼の絶望を燃料にした強力な魔力が、私どころか大広間を呑《の》み込んだ。

息が詰まる。私をすり潰して跡形もなくそうとしているのがよくわかる、凄《すさ》まじい重さと濃度。

こう来ると思っていた。

肌がびりびりするほどの威圧感に耐えながら、サジャッドの目を真っ直ぐ見返す。

「今初めて話したとは言いましたが――」

彼が自分の影から作り出した、人の腕ほどの大きさの魔力の棘《とげ》が私に向かって伸びた。

私はそれを避けなかった。

「――他に誰も聞いていないとは言っていません」

瞬《まばた》きの間にその場に五人の人間が現れた。二人が私を守るようにして立つ。二人がサジャッドの腕を拘束し、首に剣を突きつける。

そしてもう一人は、私とサジャッドの真ん中に降り立って、その顔に深い悲しみを浮かべた。

「サジャッド・マハジャンジガ」

名前を呼ばれ、サジャッドが限界まで目を見開く。唇を戦慄《わなな》かせて、その男を凝視する。

「学園長……」

王立貴族学園学園長は、私の無理をきいて最初からこの大広間にいた。つまり全てを聞いていた。

「レベッカに危害を加えようとしたな！　万死に値する！」

サジャッドに剣を突きつけているのは、炎のたてがみを持つ馬に乗った太陽の如き男。

「暴れないでね。私も人の腕とか折りたくないし」

腕を拘束しているのは、豹《ひょう》に跨《また》がった女傑。

「ヴァンダレイ様、結婚式の前に怪我《けが》をなさらないでくださいね」

そして私を守って立っている二人のうち一人は、無数の蝶《ちょう》を引き連れた才媛。

ヴァンダレイ・スルタルク、オリヴィエ・マーク、セクティアラ・ゾフという三強の卒業生たちが、今この場に集結した。

そして最後に、私を守って立つ二人のうちのもう一人、サジャッドの攻撃を目にも止まらぬ速さで切り刻んだ金髪の男――――。

「レベッカ、怪我はないな」

ルウェイン・フアバードン。彼は振り返って私の無事を確認すると、またサジャッドに集中した。

この一連の流れは私と殿下の共謀だ。

今までのサジャッドの悪行を証明できないなら、今から起こさせればいい。学園長の前で現行犯な

ら証拠はいらない。心強い卒業生の三強三人がいれば、サジャッドには暴走する暇も与えられない。したがって彼が昏睡することもない。

舞踏会での断罪を避けたいと言い出したのは私だった。サジャッドの恋心を衆人環視の中暴露するのは気が引けた。何より第一部で『レベッカ』がされて嫌だったことを人にする気にはなれなかった。

何はともあれ、これで一件落着――。

「――ああ、終わりだ」

その声を上げたのは私でも殿下でもなかった。

サジャッドだった。彼は拘束されたまま俯《うつむ》いて、吹っ切れたような、全てを諦めたような声を上げた。

その様子に嫌に胸がざわついた。

「……たしかにあなたの企みは『終わり』ですが、人生という意味なら、更生して――」

「わかってないな。私のグエンの能力はもう変わらない」

サジャッドが、今はこの場にいない自身の幻獣の名前を呼ぶ。

「危険すぎると判断されたら――処分だ」

息を呑んだ。彼の眦《まなじり》に、声に、吐息に、幻獣を大切に思う気持ちが溢《あふ》れていたからだった。周りをことごとく敵視しているみたいなサジャッドが何かを愛《いと》おしそうにしているのを初めて見た。

きっと殿下も、学園長も同じだった。

――だから止められなかった。

サジャッドは血走った目を私に向けた。

「それなら賭けようか。なかったことにするチャンスに」

そのとき、突如サジャッドの目の前にビー玉ほどの黒い穴が生まれた。

それは出現するが早いか、渦を巻いて空気や塵《ちり》を引きずり込み始めた。

兄さまとオリヴィエがたまらず離脱する。それを見た全員がただならぬ危機感を抱いた。あの黒い球体は、戦闘能力に一家言ある二人が本能的に『逃げ』を選択するような何かだということだ。

空気が逆巻く音がする。とてつもない力で体が引っ張られている。ずるっと足が動いて浮きかけた私の体を、殿下が抱きしめて食い止めた。

「殿下、何ですかあれ！」

「時魔法だ！　時の流れを歪《ゆが》めて時間を巻き戻すつもりだ！　巻き込まれれば死ぬ！」

髪やドレスが引っ張られて靡《なび》く。足が地面についていてくれなくて、心臓が早鐘を打った。

殿下は私が持っていかれないよう後ろからお腹《なか》と肩に強く腕を回した。そのまま じりじりと後退する。何とか顔を上げて周りに視線をやれば、兄さまやオリヴィエ、セクティアラ様も大広間の出入り口に向かっている。

一人違ったのは学園長だ。

「やめなさい！　それは禁忌だ！　未《いま》だかつて成功した人間などいない！」

学園長は普段の穏やかな姿からは想像もつかないほど必死に叫んでいた。自分の危険を顧みず、生徒の暴挙を止めようとしていた。

「失敗すれば時の奔流に呑み込まれる！　死ねたら幸運だ！　遠い時間軸に飛ばされるか、永遠に彷徨い続けることになるか、肉体が砕け散っても死ねずに苦しむかもしれん！」

「知っているさ！」

しかしサジャッドには届かない。彼は醜く笑って叫び返すと、黒い穴――時の歪みの種に自分の魔力を注ぎ始めた。

「成功か失敗か……。スルタルク公爵令嬢、あの女を――エミリアを、早く連れてくるんだな」

なぜ今その名前が出たのか、考える暇はなかった。

サジャッドの手元で球体が細胞分裂を起こすかのように激しく蠢《うごめ》き、肥大化していく。拳大まで成長した瞬間ついに魔法は発動した。

引き込む風がそれまでと比べ物にならないほど激しさを増して暴風になる。サジャッドの体が蜃気《しんき》楼《ろう》のようにぐにゃりと歪んで穴の中に引きずり込まれた瞬間、私は声にならない声で叫んだ。

「失敗だッ！」

オリヴィエが怒鳴るように言うのが聞こえる。

発動した人間がいなくなったのに時魔法は止まらない。

殿下が魔法で床に木の根を張った。地面に足を縫いつけることでなんとか吹き飛ばされず耐えている。しかしもう一歩も動けない。

「止める方法は⁉」

もはや目を開けることもままならない中、半分悲鳴のように叫んだ。

答えを知っていたのは学園長だった。

「治癒魔法使いがあの中に飛び込んで事なきを得た記録が一度だけあるッ！　歪みは時の『傷』だからだ！　だが今なお消息不明だ！」

「そんな――」

絶望に沈んだときだった。視界の端に銀髪を捉えた。

「『治癒魔法使い』……？」

呆然《ぼうぜん》と呟いたのは、驚愕《きょうがく》に目を見開いた私の親友だった。

彼女は大広間の入り口で、壁にしがみつくようにして立っていた。ふんわりとした明るい黄色のドレスを身に纏い、背後からガッドに抱きしめられ支えられている。

たった今二人でこの場に駆けつけたようだ。おそらく九尾が異常な魔力の発生を感知したのだろう。

「エミリア」

その揺れる瞳と視線が交錯したとき、やっと気づいた。

サジャッドは一か八かで時魔法を使ったのだと思っていた。だが彼は最後にエミリアの名前を呼んだ。彼は治癒魔法使いだけが時魔法に太刀打ちできることを知っていた。

――たとえ失敗して死のうとも、エミリアを道連れにできる方法を選んだのだ。

「レベッカ、ルウェイン殿下、もっと下がってください！」

セクティアラ様が絹を裂くように叫ぶ。時の歪みへ視線を戻して、私は息を呑んだ。

大きくなるのが早すぎる。先程まで拳大だったそれは、今では民家一軒分の大きさに膨らんでいた。

この成長率で際限なく広がるのだろうか？　だとすればもはや災害だ。私たちどころか学園も、王都すら危ない。

考えている間にもブラックホールのような穴はみるみる広がっていく。

エミリアを生贄《いけにえ》にするのは論外だ。だけど他に方法がない。ここで誰かが止めなかったら、一体何人に被害が及ぶ？　何百人、何千人、下手したら何万人――。

吐きそうな思考に頭が染まった、そのとき。

「早まるなッ！」

喉が破けそうなほどの大声で吠《ほ》えた人がいた。

兄だった。

私は目を見開いた。兄がその決死の形相を、私に向けているように思えたからだ。

――でも違った。

「ルウェインッ！」

がむしゃらに、必死に、兄はなぜか私のすぐ後ろの、殿下の名前を呼んだ。

私を支えるその腕に一際強い力が入ったとき、察しの悪い私はようやく思い出した。

――第一部での殿下の『秋』。

天性の素質がなければ無理だと言われていた治癒魔法を、研究によって可能にした、唯一の人間。

「レベッカ」

私の顔から血の気が引いた瞬間、優しい声が耳元で囁《ささや》いた。振り返れば彼の唇が私のに重なった。

「でんか――」

「少し留守にする。必ず戻るから待っていろ。式の準備を進めておいてくれ」

頭が真っ白になった。事もなげに、まるで旅行の用事を伝えるみたいに囁いて、彼はもう一度私にキスをした。

足だけに巻きついていた魔法の木の根が私の体全体に絡みつく。殿下はそのまま私から手を離した。

「殿下ッ！」

必死に伸ばした手は空《くう》を切った。いつのまにか大広間の床に深く張り巡らされていた木の根が私を引っ張る。暴れる私を殿下から遠ざけていく。

「殿下、殿下ッ！　お願い、待って！」

暴れて砕いて転がるように駆けても、追いかけてきたそれに再び地面に縫いつけられる。

「でんかぁ……っ！」

名前を呼べば、いつだって振り返って優しい視線を向けてくれたのに。泣いていたら一番近くで涙を拭ってくれたのに。

ぐちゃぐちゃの顔で泣き叫んだ私を殿下は振り返らなかった。

その背中が迷いなく暗闇の中へ向かっていく。彼が姿を消すと同時、球体は表面をさざめかせた。

次いでぐにぐにと苦しそうに形を変化させ始めた。

私は地面にぺちゃりと座り込んだ。とめどなく溢れ落ちる涙を拭いてくれる人がもういなかった。

＊＊＊

エミリアはヴァンダレイが吠えたそのとき、ルウェインが何をしようとしているかに気づいた。自分がぐずぐずしているせいで、ルウェインが身代わりになる。

エミリアは駆け出そうとした。だが後ろから回った恋人の腕が彼女をきつく抱きすくめた。そして決して離そうとしなかった。

結果、エミリアは一歩も動けないまま、黒い穴へ真っ直ぐに歩むルウェインを見送った。

――なんていうのは、言い訳に過ぎない。

エミリアは覚悟を決められなかった。恋人を無理やり引き剥がすことだってできたはずなのに、指が震えて力が入らなかった。自分の命を捨てる決断ができなかった。ただただ怖かった。理不尽に目の前に迫った死に怯えた。

そのせいで今、エミリアの大事な親友が、最愛を失って泣き叫んでいる。

――私、何やってんだ。

エミリアは息を吸った。風が収まる中、自分の頬を全力で叩いた。

二人の会話が聞こえなくてもエミリアにはわかる。ルウェインは死ぬ覚悟ではなく生きて戻る覚悟で時の歪みに入っていった。ならばエミリアにできる最大の恩返しは、そして贖罪《しょくざい》は、少しでもその確率を上げること。

もしもルウェインが戻らなければ、エミリアの親友は一生笑えなくなってしまう。命を燃やすみたいに愛していたルウェインのことを想《おも》い続けて、その残り火を大事に守ることに人生を費やしてしまう。

エミリアは考えた。今何ができるか。誰が自分たちを助けられるか。自分に何があるか。

自身の幻獣の九尾は隣にいる。恋人とその幻獣もここにいる。

そもそも、時魔法相手に食い下がることができる人間とは？　学園長、そしてルウェイン・ファバードン以上の魔法使いとは？

――ある男の名前が、僅かな希望がエミリアの元へ降ってきたのはそのときだった。

「ガッド、幻獣を貸して！」

恋人の胸ぐらを掴む。

エミリアは知っていた。恋人であるガッドの幻獣・ナマケモノの能力。月に一度、満月の日の間だけ、ある魔法を使うことができる。

「『転送魔法』は時の歪みには使えな――」

「そんなことに使うんじゃありません！　いいから早く！」

ガッドからナマケモノを奪い取る。定員は一人のみ。座標ではなく、『人』を目印にして飛ぶ特殊な『転送』。地面に紫色の魔法陣が広がり、エミリアは浮遊感に目を瞑《つぶ》った。

そうして目を開けたとき、そこはとてつもなく広い地下室の真ん中で、目的の人物は目の前にいた。

駆け寄って手を伸ばす。冷たい結晶に触れるが早いか、エミリアは全身全霊の治癒魔法を発動した。

魔力も気力も、ありったけを全てこれでもかと注ぎ込む。それでも到底器を満たしきれない。注げば注ぐほど、中途半端は許さないとでも言うように魔力を持っていかれる。エミリアの体までも引きずり込まれそうだった。

　魔力が足りない――それでも。

「今すぐ、起きてください」

　足の震えを気合で止める。飛びそうになる意識に縋りついて、白み始めた視界をそのままに、触れた両手に渾身《こんしん》の力を込め直す。

「助けてください……お願い」

　たとえ魔力が全て喰《く》いつくされたって、たとえそのせいで金輪際二度と魔法が使えなくなったっていい。

　たった一つ、私の大好きな彼女の笑顔が、無事に戻ってくるのなら。

「起きてください――オウカさん」

　夏季休暇中にやり取りした手紙で、レベッカが教えてくれた『大事な人』。

　どんな人なのか詳しくは書かれていなかったけど、「私を助けてくれたのだ」と、「すごい魔法使いなのだ」と言っていたから。

「レベッカ様を、助けて」

　深い深い眠りについていた真っ赤な髪の男は、その名前を耳にした瞬間、薄く瞼《まぶた》を開いた。

＊＊＊

殿下の体を呑み込んだ時の歪みが少しずつまとまって小さくなっていくのを呆然と見ていた。吸い込むような風は止《や》んで、殿下の魔法で作られた木の根も、役目を終えたみたいにぼろぼろと崩れた。

誰かが駆け寄ってきても、焦った声で何かを言われても、体を揺さぶられても、私はただ涙を流してそこに座っていた。

でもひどく懐かしい声が聞こえた気がして、そのときだけは顔を上げた。

「あー、おちおち昼寝もできやしねぇ」

真っ赤な髪に真っ赤な瞳の男が当たり前のようにそこにいた。私の隣に立って黒い球体を眺めていた。その後ろにナマケモノを抱えるエミリアもいたが、気にする余裕はなかった。

男が私の顔を覗き込む。しゃがみ込んで、袖でぐしぐし頬を擦ってくる。

「そんなに泣くなよレベッカ。せっかく可愛《かわい》い顔に産んでもらえたんだからさ。な?」

「オウカ……?」

夢でも見ている気持ちで呟いた。

彼は「おー」と返事をした後、泣きぼくろを撫でるようにして私の涙を拭うと、急速に縮んでいく黒い穴に再び目をやった。

「ルウェインのやつさすがだな。治癒魔法使いでもないくせに、鎮めやがった」

満足そうに頷《うなず》いて立ち上がる。呆然と見上げる私の頭を一撫でして、消えかかっている穴に向かってすたすた歩き始める。

「あいつは何とかして連れ戻してやるから。俺はここ以外の全部の世界で時魔法を研究してたんだぞ。もうプロだ、プロ」

彼は黒い穴に触れる直前、私を振り返って、ひらりと手を挙げた。

「じゃあ、行ってくるな」

「オウカ、待……っ」

止める間もなくオウカの体がぐにゃりと曲がる。小さな穴に水が入るみたいに吸い込まれていく。

それを最後に、時の歪みが完全に閉じた。綺麗《きれい》に塞がり跡形もなくなる。

一時間経《た》って、二時間経って、夜が明けても二人は戻ってこなかった。

――――この日、フアバードン王国の第一王子が世界から姿を消した。

翌日以降学園や王都に変わりはなかった。大広間での出来事や殿下が消息を絶ったことには箝口令《かんこうれい》が敷かれたから、一部の上級貴族を除き、ほとんどの生徒は何が起きたかを知らない。

ただ舞踏会が中止になり、それに伴って今年の称号の授与がなかったことを不思議に思うのみだ。

大広間から離れようとしなかった私は、二日後倒れて王都の父の家へ運び込まれた。起きても学園に行くことは許されなかった。

それからは日がな一日、窓の外を見つめて過ごすようになった。

たまに人が訪ねてきた。兄さま、父さま、メリンダとフリード、キャラン、オリヴィエとブライアン、ガッド、オズワルドとジュディス。
声をかけられた気もするし、肩を叩かれた気もする。みんな気づけばやってきて気づけばいなくなった。

時間の感覚がひどく曖昧だ。何日くらいこうして過ごしているのか自分でもよくわからない。一週間のような気もするし、一ヶ月のような気もする。

ただ、窓から眺める景色が徐々に変わっていったから、それなりに長い時間が経ったのだろう。寒さと霜の残っていた庭に草木が覗くようになって、蕾《つぼみ》を見つけて点々と花が咲いて、庭に緑の方が多くなった。

——殿下がいなくなっても、季節は移ろうのか。

当たり前のことをぼんやり考えていたときだった。部屋の扉が開いた。空気が動いた。誰かが入ってきたのだ。

「レベッカ様」

久しぶりに名前を呼ばれたような気がした。それかさっきぶりかもしれなかった。

「レベッカ様」

肩に手が置かれる。嫌とも心地よいとも思わない。ただ頭がぼーっとして、深く考えずに受け入れた。

「レベッカ様——クリスティーナが死にそうです」

ひゅ、と喉が鳴った。振り返ったら、親友が見たこともないくらい険しい顔で立っていた。

――――エミリア。

声を出したつもりだった。はく、と口が動いて呼気が漏れ出ただけだった。

立ち上がろうとしたのに足に力が入らない。椅子から崩れ落ちるように床に座り込んだ私をエミリアが支えようとする。

それに構わず部屋の中に視線を彷徨わせた。私の白蛇はどこだ。最後に撫でたのは、名前を呼んだのは、見たのはいつだ？

「ご存知ですよね、幻獣は主人の鏡。レベッカ様、あなたは少しずつ衰弱死に向かっています。私がこれ以上クリスティーナを治癒しても意味がない。あなたが変わらないと」

彼女は私を正面から見つめた。頭を殴られたみたいな衝撃だった。

クリスティーナが弱っていることも、エミリアがそれを治癒してくれていたことも、気づいていなかった。

でも頭が回らない。深い思考ができないまま、クリスティーナを探して辺りを見回す。

「レベッカ様、しっかりしてください。殿下は――」

「言わないで！」

半ば叫ぶ。喉が痛んだ。声を出すのが久しぶりだった。とっくに枯れたはずの涙が、湧き上がる井戸水みたいにまだ出てくる。

「言わないで。殿下、きっと生きてるわ」

幼児みたいに首を振る。誰が諦めても私だけは信じている。たとえそれが現実を認めていないことと等しかろうと、自分自身に言い聞かせるように信じ続ければ、私はまだ生きていける。

むしろそうでなければ生きていけない。

だけどエミリアは私の両手首を掴んで押さえた。

「いいえ、言います。レベッカ様、いい加減にしてください――」

語気を強くした彼女は、私に耳を塞ぐことを許さず現実を突きつける――。

「そんなんじゃ、殿下が帰ってきたとき悲しみますよ」

打って変わってゆったりと言われた内容を理解するのに少々時間がかかった。数秒かけてやっと脳に届いたそれを噛《か》み砕いて理解する。

ぽかんと見上げた。エミリアはいつもみたいに柔らかい表情に戻っていた。

でもひどく辛《つら》そうだった。

「レベッカ様、今ひどい顔されてますよ。あの男が帰ってきたとき、いつものとびきり美しいレベッカ様で出迎えられるように、しっかりしなきゃ」

クマを作って髪の艶を失って、自分も十分やつれている癖に私を『ひどい顔』と形容する、彼女の顔がぼやけて見える。

エミリアは私を叱咤しに来たのでも励ましに来たのでもないと初めて気づいた。

彼女は罪悪感と闘っていた。それはきっと、自分の代わりに殿下が時の歪みを直したことの罪悪感。

責任感があり賢い彼女にとってそれが重い負担になることは予測できたはずなのに、自分のことばかりの私は今の今まで思い至らなかった。

しかもエミリアはその上で、殿下の「帰ってくる」という言葉を信じることを選んだ。信じると言いながら塞ぎ込んでいた私と真反対だ。心から信じているからこそ、背筋を伸ばして生きようとしている。

希望を胸に、殿下に救ってもらった生を無駄にせず全うしている。きちんと生きようとしている。私にもそうするよう求めている。

――そうだ。エミリアはいつもそうだ。折れたところを見たことがない、正真正銘強い人間。

そんな彼女に比べて、今の私はなんだ。

「……たしかに、こんなんじゃ幻滅されちゃうわね」

ぽつりと呟けばエミリアが微笑《ほほえ》む。久しぶりに上を向いた気がした。彼女の手を借りて、私は足に力を込め、やっとのことで立ち上がった。

そしてはたとあることに気づいた。

「……ごめんなさいエミリア、今日は何日？」

「三月十五日です」

「あれから二ヶ月も経ったの？　じゃああと一週間しかないのね」

大事な約束があった。今までなぜ忘れていたのか不思議になるほど大切な、殿下との約束だった。

「エミリア、兄さまを呼んできてくれる？　許されれば明日にでも王宮に行くわ。できたらエミリアにもついてきてほしい」

「構いませんが……何を？」

「まずは会場を押さえなきゃ。その次は招待状ね。この際ドレスは既成品でいいわ」

急に生気を取り戻した私を見て、エミリアはキョトンとしていた。

涙をぐいと拭って笑ってみせる。

「決まってるじゃない。結婚式の準備よ」

――『式の準備を進めておいてくれ』。

彼は最後に私にそう言ったではないか。なら私が今やるべきことは、一日中外を眺めていることなんかではない。

「殿下が約束を破ったことなんて一度もないんだから。ちゃんとやらないとむしろ私が怒られるわ」

脳にかかっていた霧が晴れて、雲間から光が差し込んでいるような気分だ。頭の中で予定を組み立てる。

規模は縮小せざるを得ないから、ぜひ来てほしい人たちだけ集めよう。今すぐメリンダに声をかけて諸々《もろもろ》手伝ってもらえるよう頼んでみよう。

日取りは以前から決まっていたけど、父さまや国王陛下が別の予定を入れてしまっていないか確認しなければ。

エミリアが顔を輝かせて動き出した。すぐに兄さまが走ってすっ飛んできて、間もなくメリンダも馬車を飛ばしてやってきた。

父さまが連絡を入れると、王宮の使用許可は異例の早さで下りた。むしろ元々使う予定だった巨大ホールの使用の予定がそのままになっていたくらいだった。

すっかり元気になったクリスティーナに乗って高速で招待状を出して回れば、急すぎる誘いにもかかわらず、セクティアラ様を始めセデン兄妹《きょうだい》やガッド、キャランから速達で出席の返信が来た。マーク姉弟なんて手渡ししに来た上、会場の警備を買って出てくれた。学園長からはあちらの方から出席したいという連絡が来た。

フリードは特注のウエディングドレスとアクセサリーを持って現れた。元々準備していたものだった。注文を取り消さずにいてくれたのだ。

一週間という短すぎる時間で準備は着実に、急速に進んでいった。たくさんの、私と殿下の大切な人たちが助けてくれた。私はその都度泣いてしまいそうになりながら殿下を想った。

結婚式前夜になっても、殿下とオウカは帰ってこなかった。

エピローグ

ヴァージンロードを一人の女性が歩いていた。

濡羽《ぬれば》色の黒髪に灰色の瞳。純白のウエディングドレスとの対比が美しい。その両耳と首元を、誰が見ても最高級とわかるサファイアが飾っている。

だがその光景はどこか異様だった。神秘的なまでに美しい女性は、父親を伴わず、一人でヴァージンロードを進んでいた。

その先には神父はおろか、新郎すらいない。

女性は道を進みきると神の御前《みまえ》に膝をついた。その場に同席することを許された三十人弱の招待客には、彼女が何を思っているかちゃんとわかった。

――――祈っている。

彼女はつい一週間ほど前までまるで抜け殻だった。話しかけても返事をしない。立ち上がれなくなるまで空腹に気づかない。喜怒哀楽をどこかに置いてきたみたいに、外界の出来事に一切反応しなくなった。

そんな彼女の魂を取り戻したのは貴族の間で有名な少女だ。

平民と公爵令嬢という身分差でありながら、その女性と互いに親友だと言ってはばからなかった少女が、あわや次期王妃から降ろされそうになっていた彼女を救った。

招待客の一部は、今日この場に集うことを躊躇《ちゅうちょ》した。なんたって、その女性が結婚するはずの男は今行方不明。それも生死不明で、この先何百年経《た》とうと帰ってくる保証はない。

しかし国王は彼を王太子から降ろさなかった。自分が健康である限り何も変えないと宣言して、女性の立場も守った。

そして今その女性が、長い祈りを終えて顔を上げた。桜色の唇から言葉がこぼれる。

「結婚、してくださるんでしょう？」

とても小さなその音は、ほんの一部の人間の耳にしか届かなかった。

最前列で女性を見守っていたその兄や父親は悲痛に顔を歪《ゆが》ませた。兄の肩に乗った白蛇も、その円《つぶ》らな瞳から一滴の雫《しずく》を落とした。

女性が一つ息をついて、それでも背筋をピンと伸ばして立ち上がった、そのときだった。

ガラガラガッシャン。

文字にするならそんな音が式場の外から聞こえてきた。無視できない音量かつ場にそぐわないその音に、全員が扉を振り返る。

――――誰か来る。

会場に緊張が走った。

この場には国王や王妃もいる。紺色の髪の姉弟《きょうだい》が剣に手をかけた。

だが、続けて扉の向こうから聞こえたのは、全員がよく知る声だった。

「おい！　今日は何月何日だ！」

瞬間、女性は息を吸うのを忘れた。

「っ、……っ」

覚束《おぼつか》ない足取りで段差を降り、体中の水分を目から出すみたいにしゃくり上げながら、力の限り声を張り上げた。

「殿下ぁっ！」

壊れそうな勢いで扉が開く。

金髪に群青の瞳を持った男が、いなくなったあの日と全く同じ格好でそこにいた。

彼は正面の女性を目にするなり、無我夢中で叫んだ。

「レベッカッ！」

金髪の男が駆け出す。ウエディングドレスの女性が転びそうになりながら駆け寄る。ヴァージンロードの真ん中で、二人はぶつかるみたいに互いを抱きしめた。

女性が自分の涙で溺れそうになりながらその体に縋《すが》りつく。

「もう、会えないかと、思ったぁ……！」

「ああ悪かった、そんなに泣かないでくれ……。ちゃんと準備をしてくれたんだな。間に合ってよかった、ありがとう」

「間に合ってないっ！　遅刻です、ひどい、末代まで祟《たた》ってやる……」

「俺が悪かったから、自分の子孫を祟るのはやめてくれ」

男が女の顔を持ち上げ、壊れ物を扱うみたいに慎重に涙を拭う。そして微笑《ほほえ》む。

「レベッカ、すごく綺麗《きれい》だ」

女がますます声を上げて涙を流し始めたときだ。

男の後を追いかけるようにして、赤い髪の男性が式場に入ってきた。学園の制服を着た青年の首根っこを右手で掴《つか》んで引きずっている。

未《いま》だ涙が止まらないまま、女性が彼に気づく。男はその場に右手の荷物を放り投げてから二人に近づいていった。

女性が男の手を握りしめる。自分の額にくっつけ、涙を流す。

「ありがとう……っ」

「礼なんていい。それより、ウエディングドレス似合ってる。幸せにな。俺はそれだけでいいよ」

男は女性の頬を一度撫《な》でて、それで去ろうとした。だが女性は彼の手を離さなかった。離せばまた会えなくなってしまうとわかっていた。

女性の肩に手を置き、金髪の男が彼に向き直る。

「俺が戻って来られたのはあなたのおかげだ。その功績で二十年前の罪は限りなくゼロにできる。それこそ、王太子妃と親交があっても問題ないくらい」

赤い髪の男はぱちくりと瞬《まばた》きした。

彼の手を握る女性もその傍らの男も、小さいときから見守ってきた、彼にとっては自分の子供のような存在だ。

そんな二人のこれからを想像して、男は軽く頭を掻《か》いた。

「あー……レベッカもルウェインも危なっかしいし、もう少しここにいるか。二人の子供見てぇし」

じいちゃんとか呼ばれんのも悪くない、と男が呟《つぶや》けば、女性は咲き誇る大輪の花のような笑顔を見せた。


今度こそたくさんの人から笑顔で「おめでとう」をもらって、女性はヴァージンロードを歩いた。

隣には実の父、反対の隣にはもう一人の父親代わりの赤髪の男。

招待客の席を見れば、銀髪の親友と濃紫の髪の親友が、顔をぐしゃぐしゃにして泣いている。

そしてヴァージンロードの先では金髪の男が、これ以上ないくらい幸せそうに、女性を見つめている。

女性は幸福に頬を染めた。

その日、王国で一番幸せな夫婦が生まれた。

後日談

ドレッサーの椅子に腰かけて、鏡の中の自分をじっと見つめる。真っ黒の髪も灰色の瞳も、その下の泣きぼくろも、よく見慣れた自分のパーツだ。

一つ違うのは、頭のてっぺんに乗せられた銀色のティアラ。光を浴びて華やかな存在感を放っている。王太子妃が代々公式の場で使用を許される由緒あるものだ。

前代未聞の結婚式から一ヶ月。この重みにもやっと慣れてきた。

さらに視線を下に移せば、耳元には殿下がプレゼントしてくれた深い青色の宝石が揺れ、揃いのネックレスもシャラシャラと繊細な音を立てている。侍女たちが完璧なお化粧を施してくれたおかげで、肌はくすみ一つなく明るく、輝かんばかりだ。

衣装は先程念入りに確認した。滑らかな弧を描くシルクのドレスは、ところどころに刺繍《ししゅう》があしらわれ、星屑《ほしくず》みたいに控えめに煌《きら》めくシルバー。

準備完了、いざ出陣。私はすっくと立ち上がった。

「ありがとう。行ってくるわね」

準備を手伝ってくれた王宮の侍女たちにそう声をかけて部屋を出れば、「いってらっしゃいませ」の唱和が私を見送る。

扉を閉め、目的地の方に視線をやったところで、遠くに人影を見つけた。一目で見て高級とわかるマントをさらりと肩にかけた人物が、書類を手に貴族の青年と話をしている。

声をかけようと息を吸った瞬間。彼と目が合った。

「殿下――」

「見ろ。あの素晴らしく美しい女性は俺の妻だ」

「何やってるんですか」

殿下が急に謎の自慢を始めたので、笑ってしまいながら近づく。殿下は本気で自慢しているだけなのだが、青年は冗談と受け取ったようで、楽しそうに笑った。

普段は「重い」と言って王太子の冠を嫌がる彼だが、今日はさすがに被ることにしたようだ。煌びやかな意匠が殿下の美貌をさらに際立たせている。

「ティアラをつけたレベッカの隣に並ぶなら、俺も冠が必要だ。見劣りしてレベッカに恥をかかせたくない」

殿下は私が考えていることを視線で察したようだ。が、彼に見栄えで勝てる人間がいるならぜひお会いしたい。

私はその手から書類を受け取り、先程の青年に渡した。殿下を進行方向へ促す。

「もう向かった方がいいと思います。遅れてしまったら大変です」

「少しくらい待たせてもいい」

「だめに決まってます！」

はっきり却下すれば、殿下は「わかった」とばかりに両手を上げた。私の腕を自分の腕にかけさせてするりと歩き始める。

「その書類は俺の執務室に頼む」

「ごめんなさいね。失礼いたします」

二人で振り向いて青年に声をかけると、彼は「任せてください」と胸を張り、遠ざかる私たちを笑顔で見送ってくれた。

二人並んで廊下を真っすぐに進む。歴代国王の肖像画が並んだ、長い長い廊下だ。一番端に現国王陛下の肖像画もあり、いつかは殿下もここに並ぶのだろう。

用がなければ通らない道だから他に人影はない。王宮にこういう場所は珍しい。

「よく眠れているか？　諸々の手続きにここまで時間を取られるとはな」

「そこそこです。今が頑張り時ですね。今日が終われば少しはゆっくりできるでしょう」

「そうだな」

忙しなかったこの一ヶ月を反芻する。特に、行方不明だった王太子の帰還による混乱を収束するのに時間を取られた。

「新居の方は順調だそうだ。あと三週間ほどで住めると」

「本当ですか！　楽しみですね」

「ああ。二週間で済ませるよう頼んでおいた」

「あんまり急かしたら悪いですよ。ゆっくり待ちましょう」

しれっと付け加えた殿下を諫《いさ》めたとき、ふと空気が動いた。隣の殿下の向こう側に目をやる。

音もなく姿を見せたのは、殿下を陰から支える黒ローブの男だった。

「フリードか。どうした」

私たちは歩みを止めず、フリード・ネヘルはそのまま二言三言殿下に耳打ちした。

「了解した。下がっていい」

「はい。――レベッカ嬢」

そして今度は私に向き直った。

「メリンダが、近々、お茶でもと」

親友の名前に自然と顔が綻ぶ。会えるなら久しぶりになる。

「わかりました。後で空いている時間を教えます」

そう伝えればフリードは頷《うなず》いて、また音もなく姿を消した。

フリードとメリンダは間もなく結婚を控えている。私と殿下も出席する予定なので、わざわざお茶の時間を取らずとももうすぐ会える。が、意外とマリッジブルーが激しいタイプだったメリンダは、誰かに話したいことがたくさんあるのだろう。

楽しい予定に心が弾んだとき、シュタシュタと静かな足音が聞こえてきた。びゅうと風のように姿を現したのは、今度は九尾に跨《また》った可憐《かれん》な銀髪だった。

「エミリア」

「レベッカ様！　本日夕方の会議の時間が変更になったのでお伝えしに参りました！　あとガッドの件ですが、卒業後の王宮へのスカウトの件、前向きに考えるそうですっ」

「わかったわ。ありがとう」

エミリアは笑顔で報告を終えると、また九尾を操って今来た道を戻り始めた。しかし途中で振り返り、「レベッカ様とってもお綺麗《きれい》ですーっ」と叫んでから去っていった。

エミリアは私の『忠臣』。将来は王太子妃、ひいては王妃の仕事を補佐してくれることが決まっている。彼女は『五高』という優秀な人材だし、何より心から信頼できる親友が側にいてくれるのは本当にありがたい。

今はまだ学生なので、私と同じく今日のような休日に仕事をしている。「時間短縮！」と九尾で王宮内外を移動する彼女は既に名物扱いだ。

「夕方の予定が変更になるなら、ヴァンダレイに早馬を飛ばした方がいいな」

「そうですね。頼んでおきます」

殿下の言葉を拾って、頭の中にメモをする。

兄さまは先日セクティアラ様と結婚して、二人でスルタルク公爵家領に住んでいる。叔父に仕事を教えてもらっている真っ最中だ。

結婚式には私も殿下も招待してもらったが、「えっ王立貴族学園の生徒全員来てる？」と疑わずにはいられない人混みと盛り上がりっぷりだった。二人の人望である。特に男性陣からの野次は凄まじいものがあった。兄さまへの嫉妬である。

セクティアラ様のウエディングドレス姿は神々しく、同時に一抹の寂しさもあり、よくわからない感情に襲われた私は涙ぐんだ。エミリアは「それが『推し』の結婚というものです」と言ってそっと背中をさすってくれたが、意味はよくわからない。

今兄さまは仕事の関係で近くまで来ているらしく、今日の公務が終わり次第会う予定になっていた。前からとても楽しみにしていたのだ。

他にも、オリヴィエとブライアンのマーク姉弟は今日も今日とて剣の修行に精を出している。ブライアンは正式に騎士団に戻り、騎士団長となる姉を支える一番槍《やり》になることを決めたようだ。

また、オズワルドとジュディスのセデン兄妹は、兄の方が殿下やキャランとともに卒業を迎えた。最近は爵位を継ぐ準備を進めると同時に、妹の婚約者に名乗りを上げた男たちをちぎっては投げているとか。自分より強い男しか認めないそうだ。ジュディスの婚約が遠のく。

サジャッド・マハジャンジガはオウカに助けられたあと捕えられ、今は刑を言い渡される日を待っている。彼が起こした事件は重大であるものの、幸い死者が一人も出なかったことから、「幻獣の命だけは助けてくれ」という彼の唯一の願いは叶えられるのではないかと思っている。

ふと耳を澄ますと、遠くにたくさんの人々の声が聞こえた。廊下の先を見据える。明るい外の光が小さく見えた。まるでトンネルを抜けるときみたいだ。

この廊下を抜けた先にはバルコニーがあって、そこは王宮前広場に面している。その広場が今、数えきれないほどの国民でいっぱいになっているのだ。

とうとうお披露目の日を迎えた王太子夫妻を一目見ようと、集まってくれた国民である。

「この二年間、色んなことがありましたね」

殿下と二人、止まらず歩き続けながら呟いた。近づくにつれて光が大きくなっていく。人の声もよく聞こえて、外の柔らかい春の風を肌に感じる。

「長かったような気も、あっという間だったような気もします」

「俺もだ」

殿下が私の手を取り、その左手が私の右手を包み込むように握った。じんわりと温かさが伝わってくる。一つ思い出したことがあって、くすりと笑った。

「どうした？」

「いえ、初めてのデートのとき、二人で王宮の屋根から夕焼けを眺めたことを思い出しました。あのときもこういうふうに手を握ってくれたなって」

「ああ、そうだったな」

殿下が頷く。

「俺は二人で夜の学園を歩いたときのことを思い出していた。あれは楽しかった」

「殿下が薔薇《ばら》の花を持って舞踏会に誘ってくださったこともありましたよね。恥ずかしかったけど、嬉《うれ》しかったです」

「レベッカが風邪を引いた俺を看病してくれたこともあった。あれ以来折を見てまた風邪を引こうと思ってるんだが、丈夫なのも考えものだ」

「殿下が私をグルーに乗せてくれたから、クリスティーナは竜になったんですよね。あのときは驚きました」

「レベッカが俺の命を膝枕で救ってくれたこともあったな」

「……ランスロットのときといいそのときといい今回といい、どうしていつも命を落としかけるんですか？　守ってくださっているのはわかりますが、心配するこっちの身にもなってください」

「でも全部何とかなった。『攻略本』のおかげだ」

「これからはもっとご自分を大切にしてくださいね。この年で未亡人になるのは嫌です」

「レベッカには悪いが、俺はこれからもレベッカを守れるなら何だってする。だから約束はできない」

眉を寄せて自分を見上げた私を安心させるように、殿下は私の手の甲を指の腹で撫《な》でた。そして私の視線を前方に向けさせた。

「そんな顔するな。きっと大丈夫だ。ほら、彼もいる」

もうバルコニーの柵が見え、熱狂的な人々の声もはっきり聞こえて、あと一歩踏み出せば外に出れるというところだった。

柱に寄り掛かって私たちを待っていた人がいた。

赤い髪に赤い瞳。今は学園の制服ではなく、王宮に仕える貴族の制服を身に纏《まと》っている。私たちの姿を見とめると、体を起こし、へらりと口角を上げた。

「よお、お二人さん。見違えたな」

私は思わず笑顔を浮かべて、殿下の手を握ったまま彼に駆け寄った。

「オウカ！」

「綺麗だ、レベッカ」

大きな手が、髪型を崩さないよう器用に私の髪を撫でる。殿下はそれを見ても黙ったままだった。

オウカが首を傾《かし》げる。

「『俺の妻に触るな』って来るかと思ったんだが……」

「いえ」

短く答える殿下。私は不思議そうな顔をするオウカに気づかれないよう、こっそり笑った。殿下はオウカに寛大だ。彼は私の第二の父親のような存在だし、殿下にとっても恩がある相手。

何より、時の歪《ゆが》みから帰ってきたあの日から、殿下は自分と同等かそれ以上の魔法の使い手である彼を尊敬しているようなのだ。

時の歪みからオウカがどうやって自分を助け出したか話してくれたとき、殿下は終始子供みたいに目を輝かせていた。

ちなみにそのときのオウカの第一声は、ただ再会を喜ぶような余裕の笑顔で「こんなところで奇遇だな、ルウェイン！」だったらしい。確かにすごくかっこいい。

オウカは今王宮で働いている。その才能を存分に発揮して、王宮の魔法使いたちを日々驚かせているところだ。この先私と殿下に子供ができたら、魔法を教える師匠は彼になるだろう。

「ずっと喧嘩《けんか》していたひいおじいさん」とも仲直りできたと言っていて、彼に家族がいることを知って驚くと同時に、とても嬉しかった。

するとオウカが一歩下がって私たちから距離を取った。急に姿勢を正した彼は、上品に胸に手を当ててゆったり頭を下げた。

「この先も、お二人がいらっしゃればフアバードンは安泰でございます。――ソニアさんもきっと喜んでるよ」

そう言って顔を上げた。大きく頷く私を見て、いたずらっぽく笑う。

「さぁ、準備はいいか？」

オウカに背中を押されてバルコニーに向き直る。殿下は私の手を握ったまま離さなかった。顔を上げれば、群青の瞳が私を優しく見つめている。

私たちは光に向かって一歩踏み出した。

これから先ずっと二人で守っていく、民たちに一目会うために。

あとがき

初めましての方も、二度目の方も、こんにちは。岩田加奈《いわたかな》です。

「その悪役令嬢は攻略本を携えている」二巻をお手に取っていただきありがとうございます。さらにはこんなところにまで目を通してくださっているあなたには、感謝してもしきれません。

正直なところ、まさか続編を出すことができるだなんて夢にも思っていませんでした。こうしてあとがきを書いていても信じられない思いです。

そしてこの度、このお話のコミカライズが決定いたしました！

教えていただいたときは「びっくり」の一言でした。数え切れないほど読み返した一巻のストーリーも、漫画で描かれるとまるで初めて読む物語のように新鮮でして、私も一読者として楽しみたいと思っております。

さて、最初に今回のお話を考えたとき、テーマは「魅力的な悪役」でした。

「みんなが共感できるような背景があって罪を犯す悪役」としてまずサジャッドが誕生し、彼を軸にして、「レベッカとルウェインの結婚」、「卒業生も含めたオールスターでのクライマックスシーン」、「エミリア、メリンダそれぞれの恋模様」といった肉付けを行いました。

　人間らしさのあるサジャッドを私自身とても気に入っていますし、読者の皆さまもそうであれば嬉しい限りです。

　二回目の書籍化作業を進めるうち、作者として未熟な部分を自覚したり、成長できた部分を喜んだり、日々発見がありました。実りのある数ヶ月を過ごさせていただいたことを感謝しています。

　このような経験をさせてくださった一迅社様、私を育てるような指導をしてくださったご担当者様、一巻に引き続き美しいイラストの数々を手がけてくださった桜花《おうか》舞《まい》様、そして全ての読者の皆さま、本当にありがとうございます。

　またどこかでお目にかかれることを願って。

その悪《あく》役《やく》令《れい》嬢《じょう》は攻《こう》略《りゃく》本《ぼん》を携《たずさ》えている2

2021年11月5日　初版発行

初出……「その悪役令嬢は攻略本を携えている」
小説投稿サイト「小説家になろう」で掲載

著者　岩田加奈

イラスト　桜花 舞

発行者　野内雅宏

発行所　株式会社一迅社
〒160-0022 東京都新宿区新宿3-1-13 京王新宿追分ビル5F
電話　03-5312-7432（編集）
電話　03-5312-6150（販売）
発売元：株式会社講談社（講談社・一迅社）

印刷所・製本　大日本印刷株式会社
ＤＴＰ　株式会社三協美術

装幀　世古口敦志・前川絵莉子（coil）

ISBN978-4-7580-9410-8

おたよりの宛て先
〒160-0022 東京都新宿区新宿3-1-13 京王新宿追分ビル5F
株式会社一迅社　ノベル編集部
岩田加奈《いわたかな》 先生・桜花《おうか》 舞《まい》 先生